鲁迅精选集

民国文学名家精选集

齊鲁書社

“民国文学名家精选集”丛书

鲁迅

1936年3月，鲁迅大病后摄于大陆新村寓所门口

1936年10月8日，鲁迅在座谈会上发言

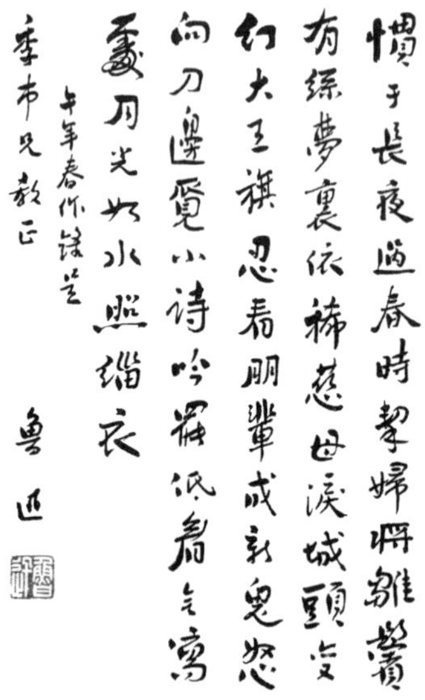
慣于長夜過春時挈婦將雛鬢有絲夢裏依稀慈母淚城頭變幻大王旗忍看朋輩成新鬼怒向刀邊覓小詩吟罷低眉無寫處月光如水照緇衣

午年春作錄呈

季市兄教正

魯迅

鲁迅诗作手迹

目 录

辑一　小说

辑二　散文

辑三　杂文

辑四　旧体诗

辑一 小说

鲁迅留学日本时留影

狂人日记

某君昆仲，今隐其名，皆余昔日在中学时良友；分隔多年，消息渐阙。日前偶闻其一大病；适归故乡，迂道往访，则仅晤一人，言病者其弟也。劳君远道来视，然已早愈，赴某地候补矣。因大笑，出示日记二册，谓可见当日病状，不妨献诸旧友。持归阅一过，知所患盖"迫害狂"之类。语颇错杂无伦次，又多荒唐之言；亦不著月日，惟墨色字体不一，知非一时所书。间亦有略具联络者，今撮录一篇，以供医家研究。记中语误，一字不易；惟人名虽皆村人，不为世间所知，无关大体，然亦悉易去。至于书名，则本人愈后所题，不复改也。七年四月二日识。

一

今天晚上，很好的月光。

我不见他，已是三十多年；今天见了，精神分外爽快。才知道以前的三十多年，全是发昏；然而须十分小心。不然，那赵家的狗，何以看我两眼呢？

我怕得有理。

二

今天全没月光，我知道不妙。早上小心出门，赵贵翁的眼色便怪：似乎怕我，似乎想害我。还有七八个人，交头接耳的议论我，又怕我看见。一路上的人，都是如此。其中最凶的一个人，张着嘴，对我笑了一笑；我便从头直冷到脚跟，晓得他们布置，都已妥当了。

我可不怕，仍旧走我的路。前面一伙小孩子，也在那里议论我；眼色也同赵贵翁一样，脸色也都铁青。我想我同小孩子有什么仇，他也这样。忍不住大声说，“你告诉我！”他们可就跑了。

我想：我同赵贵翁有什么仇，同路上的人又有什么仇；只有廿年以前，把古久先生的陈年流水簿子，踹了一脚，古久先生很不高兴。赵贵翁虽然不认识他，一定也听到风声，代抱不平；约定路上的人，同我作冤对。但是小孩子呢？那时候，他们还没有出世，何以今天也睁着怪眼睛，似乎怕我，似乎想害我。这真教我怕，教我纳罕而且伤心。

我明白了。这是他们娘老子教的！

三

晚上总是睡不着。凡事须得研究，才会明白。

他们——也有给知县打枷过的，也有给绅士掌过嘴的，也有衙役占了他妻子的，也有老子娘被债主逼死的；他们那时候的脸色，全没有昨天这么怕，也没有这么凶。

最奇怪的是昨天街上的那个女人，打他儿子，嘴里说道，“老子呀！我要咬你几口才出气！”他眼睛却看着我。我出了一惊，遮掩不住；那青面獠牙的一伙人，便都哄笑起来。陈老五赶上前，硬把我拖回家中了。

拖我回家，家里的人都装作不认识我；他们的脸色，也全同别人一样。进了书房，便反扣上门，宛然是关了一只鸡鸭。这一件事，越教我猜不出底细。

前几天，狼子村的佃户来告荒，对我大哥说，他们村里的一个大恶人，给大家打死了；几个人便挖出他的心肝来，用油煎炒了吃，可以壮壮胆子。我插了一句嘴，佃户和大哥便都看我几眼。今天才晓得他们的眼光，全同外面的那伙人一模一样。

想起来，我从顶上直冷到脚跟。

他们会吃人，就未必不会吃我。

你看那女人“咬你几口”的话，和一伙青面獠牙人的笑，和前天佃户的话，明明是暗号。我看出他话中全是毒，笑中全是刀。他们的牙齿，全是白厉厉的排着，这就是吃人的家伙。

照我自己想，虽然不是恶人，自从踹了古家的簿子，可就难说了。他们似乎别有心思，我全猜不出。况且他们一翻脸，便说人是恶人。我还记得大哥教我做论，无论怎样好人，翻他几句，他便打上几个圈；原谅坏人几句，他便说“翻天妙手，与众不同”。我那里猜得到他们的心思，究竟怎样；况且是要吃的时候。

凡事总须研究，才会明白。古来时常吃人，我也还记得，可是不甚清楚。我翻开历史一查，这历史没有年代，歪歪斜斜的每叶上都写着“仁义道德”几个字。我横竖睡不着，仔细看了半夜，才从字缝里看出字来，满本都写着两个字是“吃人”！

书上写着这许多字，佃户说了这许多话，却都笑吟吟的睁着怪眼睛看我。

我也是人，他们想要吃我了！

四

早上，我静坐了一会。陈老五送进饭来，一碗菜，一碗蒸鱼；这鱼的眼睛，白而且硬，张着嘴，同那一伙想吃人的人一样。吃了几筷，滑溜溜的不知是鱼是人，便把他兜肚连肠的吐出。

我说“老五，对大哥说，我闷得慌，想到园里走走。”

老五不答应，走了；停一会，可就来开了门。

我也不动，研究他们如何摆布我；知道他们一定不肯放松。果然！我大哥引了一个老头子，慢慢走来；他满眼凶光，怕我看出，只是低头向着地，从眼镜横边暗暗看我。大哥说，“今天你仿佛很好。”我说“是的。”大哥说，“今天请何先生来，给你诊一诊。”我说“可以！”其实我岂不知道这老头子是刽子手扮的！无非借了看脉这名目，揣一揣肥瘠：因这功劳，也分一片肉吃。我也不怕；虽然不吃人，胆子却比他们还壮。伸出两个拳头，看他如何下手。老头子坐着，闭了眼睛，摸了好一会，呆了好一会；便张开他鬼眼睛说，“不要乱想。静静的养几天，就好了。”

不要乱想，静静的养！养肥了，他们是自然可以多吃；我有什么好处，怎么会“好了”？他们这群人，又想吃人，又是鬼鬼祟祟，想法子遮掩，不敢直捷下手，真要令我笑死。我忍不住，便放声大笑起来，十分快活。自己晓得这笑声里面，有的是义勇和正气。老头子和大哥，都失了色，被我这勇气正气镇压住了。

但是我有勇气，他们便越想吃我，沾光一点这勇气。老头子跨出门，走不多远，便低声对大哥说道，“赶紧吃罢！”大哥点点头。原来也有你！这一件大发见，虽似意外，也在意中：合伙吃我的人，便是我的哥哥！

吃人的是我哥哥！

我是吃人的人的兄弟！

我自己被人吃了，可仍然是吃人的人的兄弟！

五

这几天是退一步想：假使那老头子不是刽子手扮的，真是医生，也仍然是吃人的人。他们的祖师李时珍做的“本草什么”上，明明写着人肉可以煎吃；他还能说自己不吃人么？

至于我家大哥，也毫不冤枉他。他对我讲书的时候，亲口说过可以“易子而食”；又一回偶然议论起一个不好的人，他便说不但该杀，还当“食肉寝皮”。我那时年纪还小，心跳了好半天。前天狼子村佃户来说吃心肝的事，他也毫不奇怪，不住的点头。可见心思是同从前一样狠。既然可以“易子而食”，便什么都易得，什么人都吃得。我从前单听他讲道理，也胡涂过去；现在晓得他讲道理的时候，不但唇边还抹着人油，而且心里满装着吃人的意思。

六

黑漆漆的，不知是日是夜。赵家的狗又叫起来了。

狮子似的凶心，兔子的怯弱，狐狸的狡猾，……

七

我晓得他们的方法，直捷杀了，是不肯的，而且也不敢，怕有祸祟。所以他们大家连络，布满了罗网，逼我自戕。试看前几天街上男女的样子，和这几天我大哥的作为，便足可悟出八九分了。最好是解下腰带，挂在梁上，自己紧紧勒死；他们没有杀人的罪名，又偿了心愿，自然都欢天喜地的发出一种呜呜咽咽的笑声。否则惊吓忧愁死了，虽则略瘦，也还可以首肯几下。

他们是只会吃死肉的！——记得什么书上说，有一种东西，叫“海乙那”的，眼光和样子都很难看；时常吃死肉，连极大的骨头，都细细嚼烂，咽下肚子去，想起来也教人害怕。“海乙那”是狼的亲眷，狼是狗的本家。前天赵家的狗，看我几眼，可见他也同谋，早已接洽。老头子眼看着地，岂能瞒得我过。

最可怜的是我的大哥，他也是人，何以毫不害怕；而且合伙吃我呢？还是历来惯了，不以为非呢？还是丧了良心，明知故犯呢？

我诅咒吃人的人，先从他起头；要劝转吃人的人，也先从他下手。

八

其实这种道理，到了现在，他们也该早已懂得，……

忽然来了一个人；年纪不过二十左右，相貌是不很看得清楚，满面笑容，对了我点头，他的笑也不像真笑。我便问他，“吃人的事，对么？”他仍然笑着说，“不是荒年，怎么会吃人。”我立刻就晓得，他也是一伙，喜欢吃人的；便自勇气百倍，偏要问他。

“对么？”

“这等事问他什么。你真会……说笑话。……今天天气很好。”

天气是好，月色也很亮了。可是我要问你，“对么？”

他不以为然了。含含胡胡的答道，“不……”

“不对？他们何以竟吃？！”

“没有的事……”

“没有的事？狼子村现吃；还有书上都写着，通红斩新！”

他便变了脸，铁一般青。睁着眼说，“有许有的，这是从来如此……”

“从来如此，便对么？”

“我不同你讲这些道理；总之你不该说，你说便是你错！”

我直跳起来，张开眼，这人便不见了。全身出了一大片汗。他的年纪，比我大哥小得远，居然也是一伙；这一定是他娘老子先教的。还怕已经教给他儿子了；所以连小孩子，也都恶狠狠的看我。

九

自己想吃人，又怕被别人吃了，都用着疑心极深的眼光，面面相觑。……

去了这心思，放心做事走路吃饭睡觉，何等舒服。这只是一条门槛，一个关头。他们可是父子兄弟夫妇朋友师生仇敌和各不相识的人，都结成一伙，互相劝勉，互相牵掣，死也不肯跨过这一步。

十

大清早，去寻我大哥；他立在堂门外看天，我便走到他背后，拦住门，格外沉静，格外和气的对他说，

“大哥，我有话告诉你。”

“你说就是，”他赶紧回过脸来，点点头。

“我只有几句话，可是说不出来。大哥，大约当初野蛮的人，都吃过一点人。后来因为心思不同，有的不吃人了，

一味要好，便变了人，变了真的人。有的却还吃，——也同虫子一样，有的变了鱼鸟猴子，一直变到人。有的不要好，至今还是虫子。这吃人的人比不吃人的人，何等惭愧。怕比虫子的惭愧猴子，还差得很远很远。

“易牙蒸了他儿子，给桀纣吃，还是一直从前的事。谁晓得从盘古开辟天地以后，一直吃到易牙的儿子；从易牙的儿子，一直吃到徐锡林；从徐锡林，又一直吃到狼子村捉住的人。去年城里杀了犯人，还有一个生痨病的人，用馒头蘸血舐。

“他们要吃我，你一个人，原也无法可想；然而又何必去入伙。吃人的人，什么事做不出；他们会吃我，也会吃你，一伙里面，也会自吃。但只要转一步，只要立刻改了，也就人人太平。虽然从来如此，我们今天也可以格外要好，说是不能！大哥，我相信你能说，前天佃户要减租，你说过不能。”

当初，他还只是冷笑，随后眼光便凶狠起来，一到说破他们的隐情，那就满脸都变成青色了。大门外立着一伙人，赵贵翁和他的狗，也在里面，都探头探脑的挨进来。有的是看不出面貌，似乎用布蒙着；有的是仍旧青面獠牙，抿着嘴笑。我认识他们是一伙，都是吃人的人。可是也晓得他们心思很不一样，一种是以为从来如此，应该吃的；

一种是知道不该吃，可是仍然要吃，又怕别人说破他，所以听了我的话，越发气愤不过，可是抿着嘴冷笑。

这时候，大哥也忽然显出凶相，高声喝道，

“都出去！疯子有什么好看！”

这时候，我又懂得一件他们的巧妙了。他们岂但不肯改，而且早已布置；预备下一个疯子的名目罩上我。将来吃了，不但太平无事，怕还会有人见情。佃户说的大家吃了一个恶人，正是这方法。这是他们的老谱！

陈老五也气愤愤的直走进来。如何按得住我的口，我偏要对这伙人说，

“你们可以改了，从真心改起！要晓得将来容不得吃人的人，活在世上。

“你们要不改，自己也会吃尽。即使生得多，也会给真的人除灭了，同猎人打完狼子一样！——同虫子一样！”

那一伙人，都被陈老五赶走了。大哥也不知那里去了。陈老五劝我回屋子里去。屋里面全是黑沉沉的。横梁和椽子都在头上发抖；抖了一会，就大起来，堆在我身上。

万分沉重，动弹不得；他的意思是要我死。我晓得他的沉重是假的，便挣扎出来，出了一身汗。可是偏要说，

“你们立刻改了，从真心改起！你们要晓得将来是容不得吃人的人，……”

十一

太阳也不出，门也不开，日日是两顿饭。

我捏起筷子，便想起我大哥；晓得妹子死掉的缘故，也全在他。那时我妹子才五岁，可爱可怜的样子，还在眼前。母亲哭个不住，他却劝母亲不要哭；大约因为自己吃了，哭起来不免有点过意不去。如果还能过意不去，……

妹子是被大哥吃了，母亲知道没有，我可不得而知。

母亲想也知道；不过哭的时候，却并没有说明，大约也以为应当的了。记得我四五岁时，坐在堂前乘凉，大哥说爷娘生病，做儿子的须割下一片肉来，煮熟了请他吃，才算好人；母亲也没有说不行。一片吃得，整个的自然也吃得。但是那天的哭法，现在想起来，实在还教人伤心，这真是奇极的事！

十二

不能想了。

四千年来时时吃人的地方，今天才明白，我也在其中混了多年；大哥正管着家务，妹子恰恰死了，他未必不和在饭菜里，暗暗给我们吃。

我未必无意之中，不吃了我妹子的几片肉，现在也轮到我自己，……

有了四千年吃人履历的我，当初虽然不知道，现在明白，难见真的人！

十三

没有吃过人的孩子，或者还有？

救救孩子……

一九一八年四月

原载1918年5月《新青年》第4卷第5号。

孔乙己

鲁镇的酒店的格局，是和别处不同的：都是当街一个曲尺形的大柜台，柜里面预备着热水，可以随时温酒。做工的人，傍午傍晚散了工，每每花四文铜钱，买一碗酒，——这是二十多年前的事，现在每碗要涨到十文，——靠柜外站着，热热的喝了休息；倘肯多花一文，便可以买一碟盐煮笋，或者茴香豆，做下酒物了，如果出到十几文，那就能买一样荤菜，但这些顾客，多是短衣帮，大抵没有这样阔绰。只有穿长衫的，才踱进店面隔壁的房子里，要酒要菜，慢慢地坐喝。

我从十二岁起，便在镇口的咸亨酒店里当伙计，掌柜说，样子太傻，怕侍候不了长衫主顾，就在外面做点事罢。外面的短衣主顾，虽然容易说话，但唠唠叨叨缠夹不清的也很不少。他们往往要亲眼看着黄酒从坛子里舀出，看过壶子底里有水没有，又亲看将壶子放在热水里，然后放心：在这严重监督下，羼水也很为难。所以过了几天，掌柜又说我干不了这事。幸亏荐头的情面大，辞退不得，便改为专管温酒的一种无聊职务了。

我从此便整天的站在柜台里，专管我的职务。虽然没有什么失职，但总觉得有些单调，有些无聊。掌柜是一副凶脸孔，主顾也没有好声气，教人活泼不得；只有孔乙己到店，才可以笑几声，所以至今还记得。

孔乙己是站着喝酒而穿长衫的唯一的人。他身材很高大；青白脸色，皱纹间时常夹些伤痕；一部乱蓬蓬的花白的胡子。穿的虽然是长衫，可是又脏又破，似乎十多年没有补，也没有洗。他对人说话，总是满口之乎者也，教人半懂不懂的。因为他姓孔，别人便从描红纸上的“上大人孔乙己”这半懂不懂的话里，替他取下一个绰号，叫作孔乙己。孔乙己一到店，所有喝酒的人便都看着他笑，有的叫道，“孔乙己，你脸上又添上新伤疤了！”他不回答，对柜里说，“温两碗酒，要一碟茴香豆。”便排出九文大钱。他们又故意的高声嚷道，“你一定又偷了人家的东西了！”孔乙己睁大眼睛说，“你怎么这样凭空污人清白……”“什么清白？我前天亲眼见你偷了何家的书，吊着打。”孔乙己便涨红了脸，额上的青筋条条绽出，争辩道，“窃书不能算偷……窃书！……读书人的事，能算偷么？”接连便是难懂的话，什么“君子固穷”，什么“者乎”之类，引得众人都哄笑起来：店内外充满了快活的空气。

听人家背地里谈论，孔乙己原来也读过书，但终于没有进学，又不会营生；于是愈过愈穷，弄到将要讨饭了。

幸而写得一笔好字，便替人家钞钞书，换一碗饭吃。可惜他又有一样坏脾气，便是好喝懒做。坐不到几天，便连人和书籍纸张笔砚，一齐失踪。如是几次，叫他钞书的人也没有了。孔乙己没有法，便免不了偶然做些偷窃的事。但他在我们店里，品行却比别人都好，就是从不拖欠；虽然间或没有现钱，暂时记在粉板上，但不出一月，定然还清，从粉板上拭去了孔乙己的名字。

孔乙己喝过半碗酒，涨红的脸色渐渐复了原，旁人便又问道，“孔乙己，你当真认识字么？”孔乙己看着问他的人，显出不屑置辩的神气。他们便接着说道，“你怎的连半个秀才也捞不到呢？”孔乙己立刻显出颓唐不安模样，脸上笼上了一层灰色，嘴里说些话；这回可是全是之乎者也之类，一些不懂了。在这时候，众人也都哄笑起来：店内外充满了快活的空气。

在这些时候，我可以附和着笑，掌柜是决不责备的。而且掌柜见了孔乙己，也每每这样问他，引人发笑。孔乙己自己知道不能和他们谈天，便只好向孩子说话。有一回对我说道，“你读过书么？”我略略点一点头。他说，“读过书，……我便考你一考。茴香豆的茴字，怎样写的？”我想，讨饭一样的人，也配考我么？便回过脸去，不再理会。孔乙己等了许久，很恳切的说道，“不能写罢？……我教给你，记着！这些字应该记着。将来做掌柜的时候，写账要用。”我暗想我和掌柜的等级还很远呢，而且我们掌柜也从不将茴香豆上账；又好笑，又不耐烦，懒懒的答他道，“谁要你教，不是草头底下一个来回的回字么？”孔乙己显出极高兴的样子，将两个指头的长指甲敲着柜台，点头说，“对呀对呀！……回字有四样写法，你知道么？”我愈不耐烦了，努着嘴走远。孔乙己刚用指甲蘸了酒，想在柜上写字，见我毫不热心，便又叹一口气，显出极惋惜的样子。

有几回，邻居孩子听得笑声，也赶热闹，围住了孔乙己。他便给他们茴香豆吃，一人一颗。孩子吃完豆，仍然不散，眼睛都望着碟子。孔乙己着了慌，伸开五指将碟子罩住，弯腰下去说道，“不多了，我已经不多了。”直起身又看一看豆，自己摇头说，“不多不多！多乎哉？不多也。”于是这一群孩子都在笑声里走散了。

孔乙己是这样的使人快活，可是没有他，别人也便这么过。

有一天，大约是中秋前的两三天，掌柜正在慢慢的结账，取下粉板，忽然说，“孔乙己长久没有来了。还欠十九个钱呢！”我才也觉得他的确长久没有来了。一个喝酒的人说道，“他怎么会来？……他打折了腿了。”掌柜说，“哦！”“他总仍旧是偷。这一回，是自己发昏，竟偷到丁举人家里去了。他家的东西，偷得的么？”“后来怎么样？”“怎么样？先写服辩，后来是打，打了大半夜，再打折了腿。”“后来呢？”“后来打折了腿了。”“打折了怎样呢？”“怎样？……谁晓得？许是死了。”掌柜也不再问，仍然慢慢的算他的账。

中秋之后，秋风是一天凉比一天，看看将近初冬；我整天地靠着火，也须穿上棉袄了。一天的下半天，没有一个顾客，我正合了眼坐着。忽然间听得一个声音，“温一碗酒。”这声音虽然极低，却很耳熟。看时又全没有人。站起来向外一望，那孔乙己便在柜台下对了门槛坐着。他脸上黑而且瘦，已经不成样子；穿一件破夹袄，盘着两腿，下面垫一个蒲包，用草绳在肩上挂住；见了我，又说道，“温一碗酒。”掌柜也伸出头去，一面说，“孔乙己么？你还欠十九个钱呢！”孔乙己很颓唐的仰面答道，“这……下回还清罢。这一回是现钱，酒要好。”掌柜仍然同平常一样，笑着对他说，“孔乙己，你又偷了东西了！”但他这回却不十分分辩，单说了一句“不要取笑！”“取笑？要是不偷，怎么会打断腿？”孔乙己低声说道，“跌断，跌，跌……”他的眼色，很像恳求掌柜，不要再提。此时已经聚集了几个人，便和掌柜都笑了。我温了酒，端出去，放在门槛上。他从破衣袋里摸出四文大钱，放在我手里，见他满手是泥，原来他便用这手走来的。不一会，他喝完酒，便又在旁人的说笑声中，坐着用这手慢慢走去了。

自此以后，又长久没有看见孔乙己。到了年关，掌柜取下粉板说，“孔乙己还欠十九个钱呢！”到第二年的端午，又说“孔乙己还欠十九个钱呢！”到中秋可是没有说，再到年关也没有看见他。

我到现在终于没有见——大约孔乙己的确死了。

一九一九年三月

原载1919年4月《新青年》第6卷第4号。

药

一

秋天的后半夜，月亮下去了，太阳还没有出，只剩下一片乌蓝的天；除了夜游的东西，什么都睡着。华老栓忽然坐起身，擦着火柴，点上遍身油腻的灯盏，茶馆的两间屋子里，便弥满了青白的光。

“小栓的爹，你就去么？”是一个老女人的声音。里边的小屋子里，也发出一阵咳嗽。

“唔。”老栓一面听，一面应，一面扣上衣服；伸手过去说，“你给我罢”。

华大妈在枕头底下掏了半天，掏出一包洋钱，交给老栓，老栓接了，抖抖的装入衣袋，又在外面按了两下；便点上灯笼，吹熄灯盏，走向里屋子去了。那屋子里面，正在悉悉窣窣的响，接着便是一通咳嗽。老栓候他平静下去，才低低的叫道，“小栓……你不要起来。……店么？你娘会安排的”。

老栓听得儿子不再说话，料他安心睡了；便出了门，走到街上。街上黑沉沉的一无所有，只有一条灰白的路，看得分明。灯光照着他的两脚，一前一后的走。有时也遇到几只狗，可是一只也没有叫。天气比屋子里冷得多了；老栓倒觉爽快，仿佛一旦变了少年，得了神通，有给人生命的本领似的，跨步格外高远。而且路也愈走愈分明，天也愈走愈亮了。

老栓正在专心走路，忽然吃了一惊，远远里看见一条丁字街，明明白白横着。他便退了几步，寻到一家关着门的铺子，蹩进檐下，靠门立住了。好一会，身上觉得有些发冷。

“哼，老头子。”

“倒高兴……。”

老栓又吃一惊，睁眼看时，几个人从他面前过去了。一个还回头看他，样子不甚分明，但很像久饿的人见了食物一般，眼里闪出一种攫取的光。老栓看看灯笼，已经熄了。按一按衣袋，硬硬的还在。仰起头两面一望，只见许多古怪的人，三三两两，鬼似的在那里徘徊；定睛再看，却也看不出什么别的奇怪。

没有多久，又见几个兵，在那边走动；衣服前后的一个大白圆圈，远地里也看得清楚，走过面前的，并且看出号衣上暗红色的镶边。——一阵脚步声响，一眨眼，已经拥过了一大簇人。那三三两两的人，也忽然合作一堆，潮一般向前赶；将到丁字街口，便突然立住，簇成一个半圆。

老栓也向那边看，却只见一堆人的后背；颈项都伸得很长，仿佛许多鸭，被无形的手捏住了的，向上提着。静了一会，似乎有点声音，便又动摇起来，轰的一声，都向后退；一直散到老栓立着的地方，几乎将他挤倒了。

“喂！一手交钱，一手交货！”一个浑身黑色的人，站在老栓面前，眼光正像两把刀，刺得老栓缩小了一半。那人一只大手，向他摊着；一只手却撮着一个鲜红的馒头，那红的还是一点一点的往下滴。

老栓慌忙摸出洋钱，抖抖的想交给他，却又不敢去接他的东西。那人便焦急起来，嚷道，“怕什么？怎的不拿！”老栓还踌躇着；黑的人便抢过灯笼，一把扯下纸罩，裹了馒头，塞与老栓；一手抓过洋钱，捏一捏，转身去了。嘴里哼着说，“这老东西……”

“这给谁治病的呀？”老栓也似乎听得有人问他，但他并不答应；他的精神，现在只在一个包上，仿佛抱着一个十世单传的婴儿，别的事情，都已置之度外了。他现在要将这包里的新的生命，移植到他家里，收获许多幸福。太阳也出来了；在他面前，显出一条大道，直到他家中，后面也照见丁字街头破匾上“古□亭口”这四个黯淡的金字。

二

老栓走到家，店面早经收拾干净，一排一排的茶桌，滑溜溜的发光。但是没有客人；只有小栓坐在里排的桌前吃饭，大粒的汗，从额上滚下，夹袄也帖住了脊心，两块肩胛骨高高凸出，印成一个阳文的“八”字。老栓见这样子，不免皱一皱展开的眉心。他的女人，从灶下急急走出，睁着眼睛，嘴唇有些发抖。

“得了么？”

“得了。”

两个人一齐走进灶下，商量了一会；华大妈便出去了，不多时，拿着一片老荷叶回来，摊在桌上。老栓也打开灯笼罩，用荷叶重新包了那红的馒头。小栓也吃完饭，他的母亲慌忙说：

“小栓——你坐着，不要到这里来。”

一面整顿了灶火，老栓便把一个碧绿的包，一个红红白白的破灯笼，一同塞在灶里；一阵红黑的火焰过去时，店屋里散满了一种奇怪的香味。

“好香！你们吃什么点心呀？”这是驼背五少爷到了。这人每天总在茶馆里过日，来得最早，去得最迟，此时恰恰蹩到临街的壁角的桌边，便坐下问话，然而没有人答应他。“炒米粥么？”仍然没有人应。老栓匆匆走出，给他泡上茶。

“小栓进来罢！”华大妈叫小栓进了里面的屋子，中间放好一条凳，小栓坐了。他的母亲端过一碟乌黑的圆东西，轻轻说：

“吃下去罢，——病便好了”。

小栓撮起这黑东西，看了一会，似乎拿着自己的性命一般，心里说不出的奇怪。十分小心的拗开了，焦皮里面窜出一道白气，白气散了，是两半个白面的馒头。——不多工夫，已经全在肚里了，却全忘了什么味；面前只剩下一张空盘。他的旁边，一面立着他的父亲，一面立着他的母亲，两人的眼光，都仿佛要在他身里注进什么又要取出什么似的；便禁不住心跳起来，按着胸膛，又是一阵咳嗽。

“睡一会罢，——便好了”。

小栓依他母亲的话，咳着睡了。华大妈候他喘气平静，才轻轻的给他盖上了满幅补钉的夹被。

三

店里坐着许多人，老栓也忙了，提着大铜壶，一趟一趟的给客人冲茶；两个眼眶，都围着一圈黑线。

“老栓，你有些不舒服么？——你生病么？”一个花白胡子的人说。

“没有。”

“没有？——我想笑嘻嘻的，原也不像……”花白胡子便取消了自己的话。

“老栓只是忙。要是他的儿子……”驼背五少爷话还未完，突然闯进了一个满脸横肉的人，披一件玄色布衫，散着纽扣，用很宽的玄色腰带，胡乱捆在腰间。刚进门，便对老栓嚷道：

“吃了么？好了么？老栓，就是运气了你！你运气，要不是我信息灵……。”

老栓一手提了茶壶，一手恭恭敬敬的垂着；笑嘻嘻的听。满座的人，也都恭恭敬敬的听。华大妈也黑着眼眶，笑嘻嘻的送出茶碗茶叶来，加上一个橄榄，老栓便去冲了水。

“这是包好！这是与众不同的。你想，趁热的拿来，趁热的吃下。”横肉的人只是嚷。

“真的呢，要没有康大叔照顾，怎么会这样……”华大妈也很感激的谢他。

“包好，包好！这样的趁热吃下。这样的人血馒头，什么痨病都包好！”

华大妈听到“痨病”这两个字，变了一点脸色，似乎有些不高兴；但又立刻堆上笑，搭讪着走开了。这康大叔却没有觉察，仍然提高了喉咙只是嚷，嚷得里面睡着的小栓也合伙咳嗽起来。

“原来你家小栓碰到了这样的好运气了。这病自然一定全好；怪不得老栓整天的笑着呢。”花白胡子一面说，一面走到康大叔面前，低声下气的问道，“康大叔——听说今天结果的一个犯人，便是夏家的孩子，那是谁的孩子？究竟是什么事？”

“谁的？不就是夏四奶奶的儿子么？那个小家伙！”康大叔见众人都耸起耳朵听他，便格外高兴，横肉块块饱绽，越发大声说，“这小东西不要命，不要就是了。我可是这一回一点没有得到好处；连剥下来的衣服，都给管牢的红眼睛阿义拿去了。——第一要算我们栓叔运气；第二是夏三爷赏了二十五两雪白的银子，独自落腰包，一文不花。”

小栓慢慢的从小屋子里走出，两手按了胸口，不住的咳嗽；走到灶下，盛出一碗冷饭，泡上热水，坐下便吃。华大妈跟着他走，轻轻的问道，“小栓，你好些么？——你仍旧只是肚饿？……”

“包好，包好！”康大叔瞥了小栓一眼，仍然回过脸，对众人说，“夏三爷真是乖角儿，要是他不先告官，连他满门抄斩。现在怎样？银子！——这小东西也真不成东西！

关在牢里，还要劝牢头造反。”

“阿呀，那还了得。”坐在后排的一个二十多岁的人，很现出气愤模样。

“你要晓得红眼睛阿义是去盘盘底细的，他却和他攀谈了。他说：这大清的天下是我们大家的。你想：这是人话么？红眼睛原知道他家里只有一个老娘，可是没有料到他竟会这么穷，榨不出一点油水，已经气破肚皮了。他还要老虎头上搔痒，便给他两个嘴巴！”

“义哥是一手好拳棒，这两下，一定够他受用了。”壁角的驼背忽然高兴起来。

“他这贱骨头打不怕，还要说可怜可怜哩。”

花白胡子的人说，“打了这种东西，有什么可怜呢？”

康大叔显出看他不上的样子，冷笑着说，“你没有听清我的话；看他神气，是说阿义可怜哩！”

听着的人的眼光，忽然有些板滞；话也停顿了。小栓已经吃完饭，吃得满头流汗，头上都冒出蒸气来。

“阿义可怜——疯话，简直是发了疯了。”花白胡子恍然大悟似的说。

“发了疯了。”二十多岁的人也恍然大悟的说。

店里的坐客，便又现出活气，谈笑起来。小栓也趁着热闹，拚命咳嗽；康大叔走上前，拍他肩膀说：

"包好！小栓——你不要这么咳。包好！"

"疯了。"驼背五少爷点着头说。

四

西关外靠着城根的地面，本是一块官地；中间歪歪斜斜一条细路，是贪走便道的人，用鞋底造成的，但却成了自然的界限。路的左边，都埋着死刑和瘐毙的人，右边是穷人的丛冢。两面都已埋到层层叠叠，宛然阔人家里祝寿时的馒头。

这一年的清明，分外寒冷；杨柳才吐出半粒米大的新芽。天明未久，华大妈已在右边的一坐新坟前面，排出四碟菜，一碗饭，哭了一场。化过纸，呆呆的坐在地上；仿佛等候什么似的，但自己也说不出等候什么。微风起来，吹动他短发，确乎比去年白得多了。

小路上又来了一个女人，也是半白头发，褴褛的衣裙；提一个破旧的朱漆圆篮，外挂一串纸锭，三步一歇的走。忽然见华大妈坐在地上看她，便有些踌躇，惨白的脸上，现出些羞愧的颜色；但终于硬着头皮，走到左边的一坐坟前，放下了篮子。

那坟与小栓的坟，一字儿排着，中间只隔一条小路。

华大妈看他排好四碟菜，一碗饭，立着哭了一通，化过纸锭；心里暗暗地想，“这坟里的也是儿子了。”那老女人徘徊观望了一回，忽然手脚有些发抖，跄跄踉踉退下几步，瞪着眼只是发怔。

华大妈见这样子，生怕他伤心到快要发狂了；便忍不住立起身，跨过小路，低声对他说，“你这位老奶奶不要伤心了，——我们还是回去罢。”

那人点一点头，眼睛仍然向上瞪着；也低声吃吃的说道，“你看，——看这是什么呢？”

华大妈跟了他指头看去，眼光便到了前面的坟，这坟上草根还没有全合，露出一块一块的黄土，煞是难看。再往上仔细看时，却不觉也吃一惊；——分明有一圈红白的花，围着那尖圆的坟顶。

他们的眼睛都已老花多年了，但望这红白的花，却还能明白看见。花也不很多，圆圆的排成一个圈，不很精神，倒也整齐。华大妈忙看他儿子和别人的坟，却只有不怕冷的几点青白小花，零星开着；便觉得心里忽然感到一种不足和空虚，不愿意根究。那老女人又走近几步，细看了一遍，自言自语的说，“这没有根，不像自己开的。——这地方有谁来呢？孩子不会来玩；——亲戚本家早不来了。——

这是怎么一回事呢？”他想了又想，忽又流下泪来，大声说道：

“瑜儿，他们都冤枉了你，你还是忘不了，伤心不过，今天特意显点灵，要我知道么？”他四面一看，只见一只乌鸦，站在一株没有叶的树上，便接着说，“我知道了。——瑜儿，可怜他们坑了你，他们将来总有报应，天都知道；你闭了眼睛就是了。——你如果真在这里，听到我的话，——便教这乌鸦飞上你的坟顶，给我看罢。”

微风早经停息了；枯草支支直立，有如铜丝。一丝发抖的声音，在空气中愈颤愈细，细到没有，周围便都是死一般静。两人站在枯草丛里，仰面看那乌鸦；那乌鸦也在笔直的树枝间，缩着头，铁铸一般站着。

许多的工夫过去了；上坟的人渐渐增多，几个老的小的，在土坟间出没。

华大妈不知怎的，似乎卸下了一挑重担，便想到要走；一面劝着说，“我们还是回去罢。”

那老女人叹一口气，无精打采的收起饭菜；又迟疑了一刻，终于慢慢地走了。嘴里自言自语的说，“这是怎么一回事呢？……”

他们走不上二三十步远，忽听得背后“哑——”的一声大叫；两个人都悚然的回过头，只见那乌鸦张开两翅，一挫身，直向着远处的天空，箭也似的飞去了。

一九一九年四月

原载1919年5月《新青年》第6卷第5号。

故 乡

我冒着严寒，回到相隔二千余里，别了二十余年的故乡去。

时候既然是深冬；渐近故乡时，天气又阴晦了，冷风吹进船舱中，呜呜的响，从篷隙向外一望，苍黄的天底下，远近横着几个萧索的荒村，没有一些活气。我的心禁不住悲凉起来了。

阿！这不是我二十年来时时记得的故乡？

我所记得的故乡全不如此。我的故乡好得多了。但要我记起他的美丽，说出他的佳处来，却又没有影像，没有言辞了。仿佛也就如此。于是我自己解释说：故乡本也如此，——虽然没有进步，也未必有如我所感的悲凉，这只是我自己心情的改变罢了，因为我这次回乡，本没有什么好心绪。

我这次是专为了别他而来的。我们多年聚族而居的老屋，已经公同卖给别姓了，交屋的期限，只在本年，所以必须赶在正月初一以前，永别了熟识的老屋，而且远离了熟识的故乡，搬家到我在谋食的异地去。

第二日清早晨我到了我家的门口了。瓦楞上许多枯草的断茎当风抖着，正在说明这老屋难免易主的原因。几房的本家大约已经搬走了，所以很寂静。我到了自家的房外，我的母亲早已迎着出来了，接着便飞出了八岁的侄儿宏儿。

我的母亲很高兴，但也藏着许多凄凉的神情，教我坐下，歇息，喝茶，且不谈搬家的事。宏儿没有见过我，远远的对面站着只是看。

但我们终于谈到搬家的事。我说外间的寓所已经租定了，又买了几件家具，此外须将家里所有的木器卖去，再去增添。母亲也说好，而且行李也略已齐集，木器不便搬运的，也小半卖去了，只是收不起钱来。

“你休息一两天，去拜望亲戚本家一回，我们便可以走了。”母亲说。

“是的。”

“还有闰土，他每到我家来时，总问起你，很想见你一回面。我已经将你到家的大约日期通知他，他也许就要来了。”

这时候，我的脑里忽然闪出一幅神异的图画来：深蓝的天空中挂着一轮金黄的圆月，下面是海边的沙地，都种着一望无际的碧绿的西瓜，其间有一个十一二岁的少年，项带银圈，手捏一柄钢叉，向一匹猹尽力的刺去，那猹却将身一扭，反从他的胯下逃走了。

这少年便是闰土。我认识他时，也不过十多岁，离现在将有三十年了；那时我的父亲还在世，家景也好，我正是一个少爷。那一年，我家是一件大祭祀的值年。这祭祀，说是三十多年才能轮到一回，所以很郑重；正月里供祖像，供品很多，祭器很讲究，拜的人也很多，祭器也很要防偷去。我家只有一个忙月（我们这里给人做工的分三种：整年给一定人家做工的叫长工；按日给人做工的叫短工；自己也种地，只在过年过节以及收租时候来给一定人家做工的称忙月），忙不过来，他便对父亲说，可以叫他的儿子闰土来管祭器的。

我的父亲允许了；我也很高兴，因为我早听到闰土这名字，而且知道他和我仿佛年纪，闰月生的，五行缺土，所以他的父亲叫他闰土。他是能装弶捉小鸟雀的。

我于是日日盼望新年，新年到，闰土也就到了。好容易到了年末，有一日，母亲告诉我，闰土来了，我便飞跑的去看。他正在厨房里，紫色的圆脸，头戴一顶小毡帽，颈上套一个明晃晃的银项圈，这可见他的父亲十分爱他，怕他死去，所以在神佛面前许下愿心，用圈子将他套住了。他见人很怕羞，只是不怕我，没有旁人的时候，便和我说话，于是不到半日，我们便熟识了。

我们那时候不知道谈些什么，只记得闰土很高兴，说是上城之后，见了许多没有见过的东西。

第二日，我便要他捕鸟。他说：

“这不能。须大雪下了才好。我们沙地上，下了雪，我扫出一块空地来，用短棒支起一个大竹匾，撒下秕谷，看鸟雀来吃时，我远远地将缚在棒上的绳子只一拉，那鸟雀就罩在竹匾下了。什么都有：稻鸡，角鸡，鹁鸪，蓝背……”

我于是又很盼望下雪。

闰土又对我说：

“现在太冷，你夏天到我们这里来。我们日里到海边检贝壳去，红的绿的都有，鬼见怕也有，观音手也有。晚上我和爹管西瓜去，你也去。”

“管贼吗？”

“不是。走路的人口渴了摘一个瓜吃，我们这里是不算偷的。要管的是獾猪，刺猬，猹。月亮地下，你听，啦啦的响了，猹在咬瓜了。你便捏了胡叉，轻轻地走去……”

我那时并不知道这所谓猹的是怎么一件东西——便是现在也没有知道——只是无端的觉得状如小狗而很凶猛。

“他不咬人么？”

“有胡叉呢。走到了，看见猹了，你便刺。这畜生很伶俐，倒向你奔来，反从胯下窜了。他的皮毛是油一般的滑……”

我素不知道天下有这许多新鲜事：海边有如许五色的贝壳；西瓜有这样危险的经历，我先前单知道他在水果店里出卖罢了。

“我们沙地里，潮汛要来的时候，就有许多跳鱼儿只是跳，都有青蛙似的两个脚……”

阿！闰土的心里有无穷无尽的稀奇的事，都是我往常的朋友所不知道的。他们不知道一些事，闰土在海边时，他们都和我一样只看见院子里高墙上的四角的天空。

可惜正月过去了，闰土须回家里去，我急得大哭，他也躲到厨房里，哭着不肯出门，但终于被他父亲带走了。他后来还托他的父亲带给我一包贝壳和几支很好看的鸟毛，我也曾送他一两次东西，但从此没有再见面。

现在我的母亲提起了他，我这儿时的记忆，忽而全都闪电似的苏生过来，似乎看到了我的美丽的故乡了。我应声说：

“这好极！他，——怎样？……”

“他？……他景况也很不如意……”母亲说着，便向房外看，“这些人又来了。说是买木器，顺手也就随便拿走的，我得去看看。”

母亲站起身，出去了。门外有几个女人的声音。我便招宏儿走近面前，和他闲话：问他可会写字，可愿意出门。

“我们坐火车去么？”

“我们坐火车去。”

“船呢？”

“先坐船，……”

“哈！这模样了！胡子这么长了！”一种尖利的怪声突然大叫起来。

我吃了一吓，赶忙抬起头，却见一个凸颧骨，薄嘴唇，五十岁上下的女人站在我面前，两手搭在髀间，没有系裙，张着两脚，正像一个画图仪器里细脚伶仃的圆规。

我愕然了。

“不认识了么？我还抱过你咧！”

我愈加愕然了。幸而我的母亲也就进来，从旁说：

“他多年出门，统忘却了。你该记得罢，”便向着我说，“这是斜对门的杨二嫂，……开豆腐店的。”

哦，我记得了。我孩子时候，在斜对门的豆腐店里确乎终日坐着一个杨二嫂，人都叫伊“豆腐西施”。但是擦着白粉，颧骨没有这么高，嘴唇也没有这么薄，而且终日坐着，我也从没有见过这圆规式的姿势。那时人说：因为伊，这豆腐店的买卖非常好。但这大约因为年龄的关系，我却并未蒙着一毫感化，所以竟完全忘却了。然而圆规很不平，显出鄙夷的神色，仿佛嗤笑法国人不知道拿破仑，美国人不知道华盛顿似的，冷笑说：

“忘了？这真是贵人眼高……”

“那有这事……我……”我惶恐着，站起来说。

“那么，我对你说。迅哥儿，你阔了，搬动又笨重，你还要什么这些破烂木器，让我拿去罢。我们小户人家，用得着。”

“我并没有阔哩。我须卖了这些，再去……”

“阿呀呀，你放了道台了，还说不阔？你现在有三房姨太太；出门便是八抬的大轿，还说不阔？吓，什么都瞒不过我。”

我知道无话可说了，便闭了口，默默的站着。

“阿呀阿呀，真是愈有钱，便愈是一毫不肯放松，愈是一毫不肯放松，便愈有钱……”圆规一面愤愤的回转身，一面絮絮的说，慢慢向外走，顺便将我母亲的一副手套塞在裤腰里，出去了。

此后又有近处的本家和亲戚来访问我。我一面应酬，偷空便收拾些行李，这样的过了三四天。

一日是天气很冷的午后，我吃过午饭，坐着喝茶，觉得外面有人进来了，便回头去看。我看时，不由的非常出惊，慌忙站起身，迎着走去。

这来的便是闰土。虽然我一见便知道是闰土，但又不是我这记忆上的闰土了。他身材增加了一倍；先前的紫色的圆脸，已经变作灰黄，而且加上了很深的皱纹；眼睛也像他父亲一样，周围都肿得通红，这我知道，在海边种地的人，终日吹着海风，大抵是这样的。他头上是一顶破毡帽，身上只一件极薄的棉衣，浑身瑟索着；手里提着一个纸包和一支长烟管，那手也不是我所记得的红活圆实的手，却又粗又笨而且开裂，像是松树皮了。

我这时很兴奋，但不知道怎么说才好，只是说：

“阿！闰土哥，——你来了？……”

我接着便有许多话，想要连珠一般涌出：角鸡，跳鱼儿，贝壳，猹，……但又总觉得被什么挡着似的，单在脑里面回旋，吐不出口外去。

他站住了，脸上现出欢喜和凄凉的神情；动着嘴唇，却没有作声。他的态度终于恭敬起来了，分明的叫道：

“老爷！……”

我似乎打了一个寒噤；我就知道，我们之间已经隔了一层可悲的厚障壁了。我也说不出话。

他回过头去说，“水生，给老爷磕头。”便拖出躲在背后的孩子来，这正是一个廿年前的闰土，只是黄瘦些，颈子上没有银圈罢了。“这是第五个孩子，没有见过世面，躲躲闪闪……”

母亲和宏儿下楼来了，他们大约也听到了声音。

“老太太。信是早收到了。我实在喜欢的了不得，知道老爷回来……”闰土说。

“阿，你怎的这样客气起来。你们先前不是哥弟称呼么？还是照旧：迅哥儿。”母亲高兴的说。

“阿呀，老太太真是……这成什么规矩。那时是孩子，不懂事……”闰土说着，又叫水生上来打拱，那孩子却害羞，紧紧的只贴在他背后。

“他就是水生？第五个？都是生人，怕生也难怪的；还是宏儿和他去走走。”母亲说。

宏儿听得这话，便来招水生，水生却松松爽爽同他一路出去了。母亲叫闰土坐，他迟疑了一回，终于就了坐，将长烟管靠在桌旁，递过纸包来，说：

“冬天没有什么东西了。这一点干青豆倒是自家晒在那里的，请老爷……”

我问问他的景况。他只是摇头。

“非常难。第六个孩子也会帮忙了，却总是吃不够……又不太平……什么地方都要钱，没有规定……收成又坏。种出东西来，挑去卖，总要捐几回钱，折了本；不去卖，又只能烂掉……”

他只是摇头；脸上虽然刻着许多皱纹，却全然不动，仿佛石像一般。他大约只是觉得苦，却又形容不出，沉默了片时，便拿起烟管来默默的吸烟了。

母亲问他，知道他的家里事务忙，明天便得回去；又没有吃过午饭，便叫他自己到厨下炒饭吃去。

他出去了；母亲和我都叹息他的景况：多子，饥荒，苛税，兵，匪，官，绅，都苦得他像一个木偶人了。母亲对我说，凡是不必搬走的东西，尽可以送他，可以听他自己去拣择。

下午，他拣好了几件东西：两条长桌，四个椅子，一副香炉和烛台，一杆抬秤。他又要所有的草灰（我们这里煮饭是烧稻草的，那灰，可以做沙地的肥料），待我们启程的时候，他用船来载去。

夜间，我们又谈些闲天，都是无关紧要的话；第二天早晨，他就领了水生回去了。

又过了九日，是我们启程的日期。闰土早晨便到了，水生没有同来，却只带着一个五岁的女儿管船只。我们终日很忙碌，再没有谈天的工夫。来客也不少，有送行的，有拿东西的，有送行兼拿东西的。待到傍晚我们上船的时候，这老屋里的所有破旧大小粗细东西，已经一扫而空了。

我们的船向前走，两岸的青山在黄昏中，都装成了深黛颜色，连着退向船后梢去。

宏儿和我靠着船窗，同看外面模糊的风景，他忽然问道：

“大伯！我们什么时候回来？”

“回来？你怎么还没有走就想回来了。”

“可是，水生约我到他家玩去咧……”他睁着大的黑眼睛，痴痴的想。

我和母亲也都有些惘然，于是又提起闰土来。母亲说，那豆腐西施的杨二嫂，自从我家收拾行李以来，本是每日必到的，前天伊在灰堆里，掏出十多个碗碟来，议论之后，便定说是闰土埋着的，他可以在运灰的时候，一齐搬回家里去；杨二嫂发见了这件事，自己很以为功，便拿了那狗气杀（这是我们这里养鸡的器具，木盘上面有着栅栏，内盛食料，鸡可以伸进颈子去啄，狗却不能，只能看着气死），飞也似的跑了，亏伊装着这么高底的小脚，竟跑得这样快。

老屋离我愈远了；故乡的山水也都渐渐远离了我，但我却并不感到怎样的留恋。我只觉得我四面有看不见的高墙，将我隔成孤身，使我非常气闷；那西瓜地上的银项圈的小英雄的影像，我本来十分清楚，现在却忽地模糊了，又使我非常的悲哀。

母亲和宏儿都睡着了。

我躺着，听船底潺潺的水声，知道我在走我的路。我想：我竟与闰土隔绝到这地步了，但我们的后辈还是一气，宏儿不是正在想念水生么。我希望他们不再像我，又大家隔膜起来……然而我又不愿意他们因为要一气，都如我的辛苦展转而生活，也不愿意他们都如闰土的辛苦麻木而生活，也不愿意都如别人的辛苦恣睢而生活。他们应该有新的生活，为我们所未经生活过的。

我想到希望，忽然害怕起来了。闰土要香炉和烛台的时候，我还暗地里笑他，以为他总是崇拜偶像，什么时候都不忘却。现在我所谓希望，不也是我自己手制的偶像么？只是他的愿望切近，我的愿望茫远罢了。

我在朦胧中，眼前展开一片海边碧绿的沙地来，上面深蓝的天空中挂着一轮金黄的圆月。我想：希望是本无所谓有，无所谓无的。这正如地上的路；其实地上本没有路，走的人多了，也便成了路。

一九二一年一月

原载 1921 年 5 月 1 日《新青年》第 9 卷第 1 号。

阿 Q 正传

第一章　序

我要给阿 Q 做正传，已经不止一两年了。但一面要做，一面又往回想，这足见我不是一个“立言”的人，因为从来不朽之笔，须传不朽之人，于是人以文传，文以人传——究竟谁靠谁传，渐渐的不甚了然起来，而终于归结到传阿 Q，仿佛思想里有鬼似的。

然而要做这一篇速朽的文章，才下笔，便感到万分的困难了。第一是文章的名目。孔子曰，“名不正则言不顺”。这原是应该极注意的。传的名目很繁多：列传，自传，内传，外传，别传，家传，小传……，而可惜都不合。“列传”么，这一篇并非和许多阔人排在“正史”里；“自传”么，我又并非就是阿 Q。说是“外传”，“内传”在那里呢？倘用“内传”，阿 Q 又决不是神仙。“别传”呢，阿 Q 实在未曾有大总统上谕宣付国史馆立“本传”——虽说英国正史上并无“博徒列传”，而文豪迭更司也做过《博徒别传》这一部书，但文豪则可，在我辈却不可的。其次是“家传”，则我既不知与阿 Q 是否同宗，也未曾受他子孙的拜托；或“小传”，则阿 Q 又更无别的“大传”了。总而言之，这一篇也便是“本传”，但从我的文章着想，因为文体卑下，是“引车卖浆者流”所用的话，所以不敢僭称，便从不入三教九流的小说家所谓“闲话休题言归正传”这一句套话里，取出“正传”两个字来，作为名目，即使与古人所撰《书法正传》的“正传”字面上很相混，也顾不得了。

第二，立传的通例，开首大抵该是“某，字某，某地人也”，而我并不知道阿Q姓什么。有一回，他似乎是姓赵，但第二日便模糊了。那是赵太爷的儿子进了秀才的时候，锣声镗镗的报到村里来，阿Q正喝了两碗黄酒，便手舞足蹈的说，这于他也很光采，因为他和赵太爷原来是本家，细细的排起来他还比秀才长三辈呢。其时几个旁听人倒也肃然的有些起敬了。那知道第二天，地保便叫阿Q到赵太爷家里去；太爷一见，满脸溅朱，喝道：

“阿Q，你这浑小子！你说我是你的本家么？”

阿Q不开口。

赵太爷愈看愈生气了，抢进几步说：“你敢胡说！我怎么会有你这样的本家？你姓赵么？”

阿Q不开口，想往后退了；赵太爷跳过去，给了他一个嘴巴。

“你怎么会姓赵！——你那里配姓赵！”

阿Q并没有抗辩他确凿姓赵，只用手摸着左颊，和地保退出去了；外面又被地保训斥了一番，谢了地保二百文酒钱。知道的人都说阿 Q 太荒唐，自己去招打；他大约未必姓赵，即使真姓赵，有赵太爷在这里，也不该如此胡说的。此后便再没有人提起他的氏族来，所以我终于不知道阿 Q 究竟什么姓。

第三，我又不知道阿 Q 的名字是怎么写的。他活着的时候，人都叫他阿 Quei，死了以后，便没有一个人再叫阿 Quei 了，那里还会有“著之竹帛”的事。若论“著之竹帛”，这篇文章要算第一次，所以先遇着了这第一个难关。我曾仔细想：阿 Quei，阿桂还是阿贵呢？倘使他号叫月亭，或者在八月间做过生日，那一定是阿桂了；而他既没有号——也许有号，只是没有人知道他，——又未尝散过生日征文的帖子：写作阿桂，是武断的。又倘若他有一位老兄或令弟叫阿富，那一定是阿贵了；而他又只是一个人：写作阿贵，也没有佐证的。其余音 Quei 的偏僻字样，更加凑不上了。先前，我也曾问过赵太爷的儿子茂才先生，谁料博雅如此公，竟也茫然，但据结论说，是因为陈独秀办了《新青年》提倡洋字，所以国粹沦亡，无可查考了。我的最后的手段，只有托一个同乡去查阿 Q 犯事的案卷，八个月之后才有回信，说案卷里并无与阿 Quei 的声音相近的人。我虽不知道是真没有，还是没有查，然而也再没有别的方法了。生怕注音字母还未通行，只好用了“洋字”，照英国流行的拼法写他为阿 Quei，略作阿 Q。这近于盲从《新青年》，自己也很抱歉，但茂才公尚且不知，我还有什么好办法呢。

第四，是阿 Q 的籍贯了。倘他姓赵，则据现在好称郡望的老例，可以照《郡名百家姓》上的注解，说是“陇西天水人也”，但可惜这姓是不甚可靠的，因此籍贯也就有些决不定。他虽然多住未庄，然而也常常宿在别处，不能说是未庄人，即使说是“未庄人也”，也仍然有乖史法的。

我所聊以自慰的，是还有一个“阿”字非常正确，绝无附会假借的缺点，颇可以就正于通人。至于其余，却都非浅学所能穿凿，只希望有“历史癖与考据癖”的胡适之先生的门人们，将来或者能够寻出许多新端绪来，但是我这《阿 Q 正传》到那时却又怕早经消灭了。

以上可以算是序。

第二章　优胜记略

阿 Q 不独是姓名籍贯有些渺茫，连他先前的“行状”也渺茫。因为未庄的人们之于阿 Q，只要他帮忙，只拿他玩笑，从来没有留心他的“行状”的。而阿 Q 自己也不说，独有和别人口角的时候，间或瞪着眼睛道：

“我们先前——比你阔的多啦！你算是什么东西！”

阿Q没有家，住在未庄的土谷祠里；也没有固定的职业，只给人家做短工，割麦便割麦，舂米便舂米，撑船便撑船。工作略长久时，他也或住在临时主人的家里，但一完就走了。所以，人们忙碌的时候，也还记起阿Q来，然而记起的是做工，并不是"行状"；一闲空，连阿Q都早忘却，更不必说"行状"了。只是有一回，有一个老头子颂扬说："阿Q真能做！"这时阿Q赤着膊，懒洋洋的瘦伶仃的正在他面前，别人也摸不着这话是真心还是讥笑，然而阿Q很喜欢。

阿Q又很自尊，所有未庄的居民，全不在他眼神里，甚而至于对于两位"文童"也有以为不值一笑的神情。夫文童者，将来恐怕要变秀才者也；赵太爷钱太爷大受居民的尊敬，除有钱之外，就因为都是文童的爹爹，而阿Q在精神上独不表格外的崇奉，他想：我的儿子会阔得多啦！加以进了几回城，阿Q自然更自负，然而他又很鄙薄城里人，譬如用三尺长三寸宽的木板做成的凳子，未庄人叫"长凳"，他也叫"长凳"，城里人却叫"条凳"，他想：这是错的，可笑！油煎大头鱼，未庄都加上半寸长的葱叶，城里却加上切细的葱丝，他想：这也是错的，可笑！然而未庄人真是不见世面的可笑的乡下人呵，他们没有见过城里的煎鱼！

阿Q“先前阔”，见识高，而且“真能做”，本来几乎是一个“完人”了，但可惜他体质上还有一些缺点。最恼人的是在他头皮上，颇有几处不知于何时的癞疮疤。这虽然也在他身上，而看阿Q的意思，倒也似乎以为不足贵的，因为他讳说“癞”以及一切近于“赖”的音，后来推而广之，“光”也讳，“亮”也讳，再后来，连“灯”“烛”都讳了。一犯讳，不问有心与无心，阿Q便全疤通红的发起怒来，估量了对手，口讷的他便骂，气力小的他便打；然而不知怎么一回事，总还是阿Q吃亏的时候多。于是他渐渐的变换了方针，大抵改为怒目而视了。

谁知道阿Q采用怒目主义之后，未庄的闲人们便愈喜欢玩笑他。一见面，他们便假作吃惊的说：

“哙，亮起来了。”

阿Q照例的发了怒，他怒目而视了。

“原来有保险灯在这里！”他们并不怕。

阿Q没有法，只得另外想出报复的话来：

“你还不配……”这时候，又仿佛在他头上的是一种高尚的光容的癞头疮，并非平常的癞头疮了；但上文说过，阿Q是有见识的，他立刻知道和“犯忌”有点抵触，便不再往底下说。

闲人还不完，只撩他，于是终而至于打。阿Q在形式上打败了，被人揪住黄辫子，在壁上碰了四五个响头，闲人这才心满意足的得胜的走了，阿Q站了一刻，心里想，“我总算被儿子打了，现在的世界真不像样……”于是也心满意足的得胜的走了。

阿Q想在心里的，后来每每说出口来，所以凡有和阿Q玩笑的人们，几乎全知道他有这一种精神上的胜利法，此后每逢揪住他黄辫子的时候，人就先一着对他说：

“阿Q，这不是儿子打老子，是人打畜生。自己说：人打畜生！”

阿Q两只手都捏住了自己的辫根，歪着头，说道：

“打虫豸，好不好？我是虫豸——还不放么？”

但虽然是虫豸，闲人也并不放，仍旧在就近什么地方给他碰了五六个响头，这才心满意足的得胜的走了，他以为阿Q这回可遭了瘟。然而不到十秒钟，阿Q也心满意足的得胜的走了，他觉得他是第一个能够自轻自贱的人，除了“自轻自贱”不算外，余下的就是“第一个”。状元不也是“第一个”么？“你算是什么东西”呢？！

阿Q以如是等等妙法克服怨敌之后，便愉快的跑到酒店里喝几碗酒，又和别人调笑一通，口角一通，又得了胜，愉快的回到土谷祠，放倒头睡着了。假使有钱，他便去押牌宝，一堆人蹲在地面上，阿Q即汗流满面的夹在这中间，声音他最响：

“青龙四百！”

“咳……开……啦！”桩家揭开盒子盖，也是汗流满面的唱。“天门啦……角回啦……！人和穿堂空在那里啦……！阿Q的铜钱拿过来……！”

“穿堂一百——一百五十！”

阿Q的钱便在这样的歌吟之下，渐渐的输入别个汗流满面的人物的腰间。他终于只好挤出堆外，站在后面看，替别人着急，一直到散场，然后恋恋的回到土谷祠，第二天，肿着眼睛去工作。

但真所谓“塞翁失马安知非福”罢，阿Q不幸而赢了一回，他倒几乎失败了。

这是未庄赛神的晚上。这晚上照例有一台戏，戏台左近，也照例有许多的赌摊。做戏的锣鼓，在阿Q耳朵里仿佛在十里之外；他只听得桩家的歌唱了。他赢而又赢，铜钱变成角洋，角洋变成大洋，大洋又成了叠。他兴高采烈得非常：

“天门两块！”

他不知道谁和谁为什么打起架来了。骂声打声脚步声，昏头昏脑的一大阵，他才爬起来，赌摊不见了，人们也不见了，身上有几处很似乎有些痛，似乎也挨了几拳几脚似的，几个人诧异的对他看。他如有所失的走进土谷祠，定一定神，知道他的一堆洋钱不见了。赶赛会的赌摊多不是本村人，还到那里去寻根柢呢?

很白很亮的一堆洋钱！而且是他的——现在不见了！说是算被儿子拿去了罢，总还是忽忽不乐；说自己是虫豸罢，也还是忽忽不乐：他这回才有些感到失败的苦痛了。

但他立刻转败为胜了。他擎起右手，用力的在自己脸上连打了两个嘴巴，热剌剌的有些痛；打完之后，便心平气和起来，似乎打的是自己，被打的是别一个自己，不久也就仿佛是自己打了别个一般，——虽然还有些热剌剌，——心满意足的得胜的躺下了。

他睡着了。

第三章 续优胜记略

然而阿Q虽然常优胜，却直待蒙赵太爷打他嘴巴之后，这才出了名。

他付过地保二百文酒钱，愤愤的躺下了，后来想："现在的世界太不成话，儿子打老子……"于是忽而想到赵太爷的威风，而现在是他的儿子了，便自己也渐渐的得意起来，爬起身，唱着《小孤孀上坟》到酒店去。这时候，他又觉得赵太爷高人一等了。

说也奇怪，从此之后，果然大家也仿佛格外尊敬他。这在阿 Q，或者以为因为他是赵太爷的父亲，而其实也不然。未庄通例，倘如阿七打阿八，或者李四打张三，向来本不算口碑。一上口碑，则打的既有名，被打的也就托庇有了名。至于错在阿 Q，那自然是不必说。所以者何？就因为赵太爷是不会错的。但他既然错，为什么大家又仿佛格外尊敬他呢？这可难解，穿凿起来说，或者因为阿 Q 说是赵太爷的本家，虽然挨了打，大家也还怕有些真，总不如尊敬一些稳当。否则，也如孔庙里的太牢一般，虽然与猪羊一样，同是畜生，但既经圣人下箸，先儒们便不敢妄动了。

阿 Q 此后倒得意了许多年。

有一年的春天，他醉醺醺的在街上走，在墙根的日光下，看见王胡在那里赤着膊捉虱子，他忽然觉得身上也痒起来了。这王胡，又癞又胡，别人都叫他王癞胡，阿 Q 却删去了一个癞字，然而非常渺视他。阿 Q 的意思，以为癞是不足为奇的，只有这一部络腮胡子，实在太新奇，令人看不上眼。他于是并排坐下去了。倘是别的闲人们，阿 Q 本不敢大意坐下去。但这王胡旁边，他有什么怕呢？老实说：他肯坐下去，简直还是抬举他。

阿 Q 也脱下破夹袄来，翻检了一回，不知道因为新洗呢还是因为粗心，许多工夫，只捉到三四个。他看那王胡，却是一个又一个，两个又三个，只放在嘴里毕毕剥剥的响。

阿Q最初是失望，后来却不平了：看不上眼的王胡尚且那么多，自己倒反这样少，这是怎样的大失体统的事呵！他很想寻一两个大的，然而竟没有，好容易才捉到一个中的，恨恨的塞在厚嘴唇里，狠命一咬，劈的一声，又不及王胡的响。

他癞疮疤块块通红了，将衣服摔在地上，吐一口唾沫，说：

“这毛虫！”

“癞皮狗，你骂谁？”王胡轻蔑的抬起眼来说。

阿Q近来虽然比较的受人尊敬，自己也更高傲些，但和那些打惯的闲人们见面还胆怯，独有这回却非常武勇了。这样满脸胡子的东西，也敢出言无状么？

“谁认便骂谁！”他站起来，两手叉在腰间说。

“你的骨头痒了么？”王胡也站起来，披上衣服说。

阿Q以为他要逃了，抢进去就是一拳。这拳头还未达到身上，已经被他抓住了，只一拉，阿Q跄跄踉踉的跌进去，立刻又被王胡扭住了辫子，要拉到墙上照例去碰头。

“‘君子动口不动手’！”阿Q歪着头说。

王胡似乎不是君子，并不理会，一连给他碰了五下，又用力的一推，至于阿 Q 跌出六尺多远，这才满足的去了。

在阿 Q 的记忆上，这大约要算是生平第一件的屈辱，因为王胡以络腮胡子的缺点，向来只被他奚落，从没有奚落他，更不必说动手了。而他现在竟动手，很意外，难道真如市上所说，皇帝已经停了考，不要秀才和举人了，因此赵家减了威风，因此他们也便小觑了他么？

阿 Q 无可适从的站着。

远远的走来了一个人，他的对头又到了。这也是阿 Q 最厌恶的一个人，就是钱太爷的大儿子。他先前跑上城里去进洋学堂，不知怎么又跑到东洋去了，半年之后他回到家里来，腿也直了，辫子也不见了，他的母亲大哭了十几场，他的老婆跳了三回井。后来，他的母亲到处说，“这辫子是被坏人灌醉了酒剪去了。本来可以做大官，现在只好等留长再说了。”然而阿 Q 不肯信，偏称他“假洋鬼子”，也叫作“里通外国的人”，一见他，一定在肚子里暗暗的咒骂。

阿 Q 尤其“深恶而痛绝之”的，是他的一条假辫子。辫子而至于假，就是没了做人的资格；他的老婆不跳第四回井，也不是好女人。

这“假洋鬼子”近来了。

“秃儿。驴……”阿 Q 历来本只在肚子里骂，没有出过声，这回因为正气忿，因为要报仇，便不由的轻轻的说出来了。

不料这秃儿却拿着一支黄漆的棍子——就是阿Q所谓哭丧棒——大踏步走了过来。阿Q在这刹那，便知道大约要打了，赶紧抽紧筋骨，耸了肩膀等候着，果然，拍的一声，似乎确凿打在自己头上了。

“我说他！”阿Q指着近旁的一个孩子，分辩说。

拍！拍拍！

在阿Q的记忆上，这大约要算是生平第二件的屈辱。幸而拍拍的响了之后，于他倒似乎完结了一件事，反而觉得轻松些，而且“忘却”这一件祖传的宝贝也发生了效力，他慢慢的走，将到酒店门口，早已有些高兴了。

但对面走来了静修庵里的小尼姑。阿Q便在平时，看见伊也一定要唾骂，而况在屈辱之后呢？他于是发生了回忆，又发生了敌忾了。

“我不知道我今天为什么这样晦气，原来就因为见了你！”他想。

他迎上去，大声的吐一口唾沫：

“咳，呸！”

小尼姑全不睬，低了头只是走。阿Q走近伊身旁，突然伸出手去摩着伊新剃的头皮，呆笑着，说：

“秃儿！快回去，和尚等着你……”

“你怎么动手动脚……”尼姑满脸通红的说，一面赶快走。

酒店里的人大笑了。阿Q看见自己的勋业得了赏识，便愈加兴高采烈起来：

“和尚动得，我动不得？”他扭住伊的面颊。

酒店里的人大笑了。阿Q更得意，而且为了满足那些赏鉴家起见，再用力的一拧，才放手。

他这一战，早忘却了王胡，也忘却了假洋鬼子，似乎对于今天的一切“晦气”都报了仇；而且奇怪，又仿佛全身比拍拍的响了之后更轻松，飘飘然的似乎要飞去了。

“这断子绝孙的阿Q！”远远地听得小尼姑的带哭的声音。

“哈哈哈！”阿Q十分得意的笑。

“哈哈哈！”酒店里的人也九分得意的笑。

第四章　恋爱的悲剧

有人说：有些胜利者，愿意敌手如虎，如鹰，他才感得胜利的欢喜；假使如羊，如小鸡，他便反觉得胜利的无聊。又有些胜利者，当克服一切之后，看见死的死了，降的降了，“臣诚惶诚恐死罪死罪”，他于是没有了敌人，没有了对手，没有了朋友，只有自己在上，一个，孤另另，凄凉，寂寞，便反而感到了胜利的悲哀。然而我们的阿 Q 却没有这样乏，他是永远得意的：这或者也是中国精神文明冠于全球的一个证据了。

看哪，他飘飘然的似乎要飞去了！

然而这一次的胜利，却又使他有些异样。他飘飘然的飞了大半天，飘进土谷祠，照例应该躺下便打鼾。谁知道这一晚，他很不容易合眼，他觉得自己的大拇指和第二指有点古怪：仿佛比平常滑腻些。不知道是小尼姑的脸上有一点滑腻的东西粘在他指上，还是他的指头在小尼姑脸上磨得滑腻了？……

“断子绝孙的阿 Q！”

阿 Q 的耳朵里又听到这句话。他想：不错，应该有一个女人，断子绝孙便没有人供一碗饭，……应该有一个女人。夫“不孝有三无后为大”，而“若敖之鬼馁而”，也是一件人生的大哀，所以他那思想，其实是样样合于圣经贤传的，只可惜后来有些“不能收其放心”了。

“女人，女人！……”他想。

“……和尚动得……女人，女人！……女人！”他又想。

我们不能知道这晚上阿 Q 在什么时候才打鼾。但大约他从此总觉得指头有些滑腻，所以他从此总有些飘飘然；

“女……”他想。

即此一端，我们便可以知道女人是害人的东西。

中国的男人，本来大半都可以做圣贤，可惜全被女人毁掉了。商是妲己闹亡的；周是褒姒弄坏的；秦……虽然史无明文，我们也假定他因为女人，大约未必十分错；而董卓可是的确给貂蝉害死了。

阿Q本来也是正人，我们虽然不知道他曾蒙什么明师指授过，但他对于“男女之大防”却历来非常严；也很有排斥异端——如小尼姑及假洋鬼子之类——的正气。他的学说是：凡尼姑，一定与和尚私通；一个女人在外面走，一定想引诱野男人；一男一女在那里讲话，一定要有勾当了。为惩治他们起见，所以他往往怒目而视，或者大声说几句“诛心”话，或者在冷僻处，便从后面掷一块小石头。

谁知道他将到“而立”之年，竟被小尼姑害得飘飘然了。这飘飘然的精神，在礼教上是不应该有的，——所以女人真可恶，假使小尼姑的脸上不滑腻，阿Q便不至于被蛊，又假使小尼姑的脸上盖一层布，阿Q便也不至于被蛊了，——他五六年前，曾在戏台下的人丛中拧过一个女人的大腿，但因为隔一层裤，所以此后并不飘飘然，——而小尼姑并不然，这也足见异端之可恶。

“女……”阿Q想。

他对于以为“一定想引诱野男人”的女人，时常留心看，然而伊并不对他笑。他对于和他讲话的女人，也时常留心听，然而伊又并不提起关于什么勾当的话来。哦，这也是女人可恶之一节：伊们全都要装“假正经”的。

这一天，阿Q在赵太爷家里舂了一天米，吃过晚饭，便坐在厨房里吸旱烟。倘在别家，吃过晚饭本可以回去的了，但赵府上晚饭早，虽说定例不准掌灯，一吃完便睡觉，然而偶然也有一些例外：其一，是赵大爷未进秀才的时候，准其点灯读文章；其二，便是阿Q来做短工的时候，准其点灯舂米。因为这一条例外，所以阿Q在动手舂米之前，还坐在厨房里吸烟旱。

吴妈，是赵太爷家里唯一的女仆，洗完了碗碟，也就在长凳上坐下了，而且和阿Q谈闲天：

“太太两天没有吃饭哩，因为老爷要买一个小的……”

“女人……吴妈……这小孤孀……”阿Q想。

“我们的少奶奶是八月里要生孩子了……”

“女人……”阿Q想。

阿Q放下烟管，站了起来。

“我们的少奶奶……”吴妈还唠叨说。

“我和你困觉，我和你困觉！”阿Q忽然抢上去，对伊跪下了。

一刹时中很寂然。

“阿呀！”吴妈楞了一息，突然发抖，大叫着往外跑，且跑且嚷，似乎后来带哭了。

阿Q对了墙壁跪着也发楞，于是两手扶着空板凳，慢慢的站起来，仿佛觉得有些糟。他这时确也有些忐忑了，慌张的将烟管插在裤带上，就想去舂米。蓬的一声，头上着了很粗的一下，他急忙回转身去，那秀才便拿了一支大竹杠站在他面前。

“你反了，……你这……”

大竹杠又向他劈下来了。阿Q两手去抱头，拍的正打在指节上，这可很有些痛。他冲出厨房门，仿佛背上又着了一下似的。

“忘八蛋！”秀才在后面用了官话这样骂。

阿Q奔入舂米场，一个人站着，还觉得指头痛，还记得“忘八蛋”，因为这话是未庄的乡下人从来不用，专是见过官府的阔人用的，所以格外怕，而印象也格外深。但这时，他那“女……”的思想却也没有了。而且打骂之后，似乎一件事也已经收束，倒反觉得一无挂碍似的，便动手去舂米。舂了一会，他热起来了，又歇了手脱衣服。

脱下衣服的时候，他听得外面很热闹，阿Q生平本来最爱看热闹，便即寻声走出去了。寻声渐渐的寻到赵太爷的内院里，虽然在昏黄中，却辨得出许多人，赵府一家连两日不吃饭的太太也在内，还有间壁的邹七嫂，真正本家的赵白眼，赵司晨。

少奶奶正拖着吴妈走出下房来，一面说：

“你到外面来，……不要躲在自己房里想……”

“谁不知道你正经，……短见是万万寻不得的。”邹七嫂也从旁说。

吴妈只是哭，夹些话，却不甚听得分明。

阿Q想：“哼，有趣，这小孤孀不知道闹着什么玩意儿了？”他想打听，走近赵司晨的身边。这时他猛然间看见赵大爷向他奔来，而且手里捏着一支大竹杠。他看见这一支大竹杠，便猛然间悟到自己曾经被打，和这一场热闹似乎有点相关。他翻身便走，想逃回舂米场，不图这支竹杠阻了他的去路，于是他又翻身便走，自然而然的走出后门，不多工夫，已在土谷祠内了。

阿Q坐了一会，皮肤有些起粟，他觉得冷了，因为虽在春季，而夜间颇有余寒，尚不宜于赤膊。他也记得布衫留在赵家，但倘若去取，又深怕秀才的竹杠。然而地保进来了。

“阿Q，你的妈妈的！你连赵家的用人都调戏起来，简直是造反。害得我晚上没有觉睡，你的妈妈的！……”

如是云云的教训了一通，阿Q自然没有话。临末，因为在晚上，应该送地保加倍酒钱四百文，阿Q正没有现钱，便用一顶毡帽做抵押，并且订定了五条件：

一、明天用红烛——要一斤重的——一对，香一封，到赵府上去赔罪。

二、赵府上请道士祓除缢鬼，费用由阿Q负担。

三、阿Q从此不准踏进赵府的门槛。

四、吴妈此后倘有不测，惟阿Q是问。

五、阿Q不准再去索取工钱和布衫。

阿Q自然都答应了，可惜没有钱。幸而已经春天，棉被可以无用，便质了二千大钱，履行条约。赤膊磕头之后，居然还剩几文，他也不再赎毡帽，统统喝了酒了。但赵家也并不烧香点烛，因为太太拜佛的时候可以用，留着了。那破布衫是大半做了少奶奶八月间生下来的孩子的衬尿布，那小半破烂的便都做了吴妈的鞋底。

第五章　生计问题

阿Q礼毕之后，仍旧回到土谷祠，太阳下去了，渐渐觉得世上有些古怪。他仔细一想，终于省悟过来：其原因盖在自己的赤膊。他记得破夹袄还在，便披在身上，躺倒了，待张开眼睛，原来太阳又已经照在西墙上头了。他坐起身，一面说道，“妈妈的……”

他起来之后，也仍旧在街上逛，虽然不比赤膊之有切肤之痛，却又渐渐的觉得世上有些古怪了。仿佛从这一天起，未庄的女人们忽然都怕了羞，伊们一见阿Q走来，便个个躲进门里去。甚而至于将近五十岁的邹七嫂，也跟着别人乱钻，而且将十一的女儿都叫进去了。阿Q很以为奇，而且想：“这些东西忽然都学起小姐模样来了。这娼妇们……”

但他更觉得世上有些古怪，却是许多日以后的事。其一，酒店不肯赊欠了；其二，管土谷祠的老头子说些废话，似乎叫他走；其三，他虽然记不清多少日，但确乎有许多日，没有一个人来叫他做短工。酒店不赊，熬着也罢了；老头子催他走，噜苏一通也就算了；只是没有人来叫他做短工，却使阿Q肚子饿：这委实是一件非常“妈妈的”的事情。

阿Q忍不下去了，他只好到老主顾的家里去探问，——但独不许踏进赵府的门槛，——然而情形也异样：一定走出一个男人来，现了十分烦厌的相貌，像回复乞丐一般的摇手道：

“没有没有！你出去！”

阿Q愈觉得稀奇了。他想，这些人家向来少不了要帮忙，不至于现在忽然都无事，这总该有些蹊跷在里面了。他留心打听，才知道他们有事都去叫小Don。这小D，是一个穷小子，又瘦又乏，在阿Q的眼睛里，位置是在王胡之下的，谁料这小子竟谋了他的饭碗去。所以阿Q这一气，更与平常不同，当气愤愤的走着的时候，忽然将手一扬，唱道：

“我手执钢鞭将你打！……”

几天之后，他竟在钱府的照壁前遇见了小D。“仇人相见分外眼明”，阿Q便迎上去，小D也站住了。

“畜生！”阿Q怒目而视的说，嘴角上飞出唾沫来。

“我是虫豸，好么？……”小D说。

这谦逊反使阿Q更加愤怒起来，但他手里没有钢鞭，于是只得扑上去，伸手去拔小D的辫子。小D一手护住了自己的辫根，一手也来拔阿Q的辫子，阿Q便也将空着的一只手护住了自己的辫根。从先前的阿Q看来，小D本来是不足齿数的，但他近来挨了饿，又瘦又乏已经不下于小D，所以便成了势均力敌的现象，四只手拔着两颗头，都弯了腰，在钱家粉墙上映出一个蓝色的虹形，至于半点钟之久了。

“好了，好了！”看的人们说，大约是解劝的。

“好，好！”看的人们说，不知道是解劝，是颂扬，还是煽动。

然而他们都不听。阿Q进三步，小D便退三步，都站着；小D进三步，阿Q便退三步，又都站着。大约半点钟，——未庄少有自鸣钟，所以很难说，或者二十分，——他们的头发里便都冒烟，额上便都流汗，阿Q的手放松了，在同一瞬间，小D的手也正放松了，同时直起，同时退开，都挤出人丛去。

“记着罢，妈妈的……”阿Q回过头去说。

“妈妈的，记着罢……”小D也回过头来说。

这一场“龙虎斗”似乎并无胜败，也不知道看的人可满足，都没有发什么议论，而阿Q却仍然没有人来叫他做短工。

有一日很温和，微风拂拂的颇有些夏意了，阿Q却觉得寒冷起来，但这还可担当，第一倒是肚子饿。棉被，毡帽，布衫，早已没有了，其次就卖了棉袄；现在有裤子，却万不可脱的；有破夹袄，又除了送人做鞋底之外，决定卖不出钱。他早想在路上拾得一注钱，但至今还没有见；他想在自己的破屋里忽然寻到一注钱，慌张的四顾，但屋内是空虚而且了然。于是他决计出门求食去了。

他在路上走着要“求食”，看见熟识的酒店，看见熟识的馒头，但他都走过了，不但没有暂停，而且并不想要。

他所求的不是这类东西了；他求的是什么东西，他自己不知道。

未庄本不是大村镇，不多时便走尽了。村外多是水田，满眼是新秧的嫩绿，夹着几个圆形的活动的黑点，便是耕田的农夫。阿 Q 并不赏鉴这田家乐，却只是走，因为他直觉的知道这与他的“求食”之道是很辽远的。但他终于走到静修庵的墙外了。

庵周围也是水田，粉墙突出在新绿里，后面的低土墙里是菜园。阿 Q 迟疑了一会，四面一看，并没有人。他便爬上这矮墙去，扯着何首乌藤，但泥土仍然簌簌的掉，阿 Q 的脚也索索的抖；终于攀着桑树枝，跳到里面了。里面真是郁郁葱葱，但似乎并没有黄酒馒头，以及此外可吃的之类。靠西墙是竹丛，下面许多笋，只可惜都是并未煮熟的，还有油菜早经结子，芥菜已将开花，小白菜也很老了。

阿 Q 仿佛文童落第似的觉得很冤屈，他慢慢走近园门去，忽而非常惊喜了，这分明是一畦老萝卜。他于是蹲下便拔，而门口突然伸出一个很圆的头来，又即缩回去了，这分明是小尼姑。小尼姑之流是阿 Q 本来视若草芥的，但世事须“退一步想”，所以他便赶紧拔起四个萝卜，拧下青叶，兜在大襟里。然而老尼姑已经出来了。

“阿弥陀佛，阿 Q，你怎么跳进园里来偷萝卜！……阿呀，罪过呵，阿唷，阿弥陀佛！……”

“我什么时候跳进你的园里来偷萝卜？”阿Q且看且走的说。

“现在……这不是？”老尼姑指着他的衣兜。

“这是你的？你能叫得他答应你么？你……”

阿Q没有说完话，拔步便跑；追来的是一匹很肥大的黑狗。这本来在前门的，不知怎的到后园来了。黑狗哼而且追，已经要咬着阿Q的腿，幸而从衣兜里落下一个萝卜来，那狗给一吓，略略一停，阿Q已经爬上桑树，跨到土墙，连人和萝卜都滚出墙外面了。只剩着黑狗还在对着桑树嗥，老尼姑念着佛。

阿Q怕尼姑又放出黑狗来，拾起萝卜便走，沿路又捡了几块小石头，但黑狗却并不再现。阿Q于是抛了石块，一面走一面吃，而且想道，这里也没有什么东西寻，不如进城去……

待三个萝卜吃完时，他已经打定了进城的主意了。

第六章　从中兴到末路

在未庄再看见阿Q出现的时候，是刚过了这年的中秋。人们都惊异，说是阿Q回来了，于是又回上去想道，他先前那里去了呢？阿Q前几回的上城，大抵早就兴高采烈的对人说，但这一次却并不，所以也没有一个人留心到。他或者也曾告诉过管土谷祠的老头子，然而未庄老例，只有赵太爷钱太爷和秀才大爷上城才算一件事。假洋鬼子尚且不足数，何况是阿 Q：因此老头子也就不替他宣传，而未庄的社会上也就无从知道了。

但阿 Q 这回的回来，却与先前大不同，确乎很值得惊异。天色将黑，他睡眼蒙胧的在酒店门前出现了，他走近柜台，从腰间伸出手来，满把是银的和铜的，在柜上一扔说，“现钱！打酒来！”穿的是新夹袄，看去腰间还挂着一个大搭连，沉钿钿的将裤带坠成了很弯很弯的弧线。未庄老例，看见略有些醒目的人物，是与其慢也宁敬的，现在虽然明知道是阿 Q，但因为和破夹袄的阿 Q 有些两样了，古人云，“士别三日便当刮目相待”，所以堂倌，掌柜，酒客，路人，便自然显出一种凝而且敬的形态来。掌柜既先之以点头，又继之以谈话：

“嚄，阿 Q，你回来了！”

“回来了。”

“发财发财，你是——在……”

“上城去了！”

这一件新闻，第二天便传遍了全未庄。人人都愿意知道现钱和新夹袄的阿 Q 的中兴史，所以在酒店里，茶馆里，庙檐下，便渐渐的探听出来了。这结果，是阿 Q 得了新敬畏。

据阿 Q 说，他是在举人老爷家里帮忙。这一节，听的人都肃然了。这老爷本姓白，但因为合城里只有他一个举人，所以不必再冠姓，说起举人来就是他。这也不独在未庄是如此，便是一百里方圆之内也都如此，人们几乎多以为他的姓名就叫举人老爷的了。在这人的府上帮忙，那当然是可敬的。但据阿 Q 又说，他却不高兴再帮忙了，因为这举人老爷实在太“妈妈的”了。这一节，听的人都叹息而且快意，因为阿 Q 本不配在举人老爷家里帮忙，而不帮忙是可惜的。

据阿 Q 说，他的回来，似乎也由于不满意城里人，这就在他们将长凳称为条凳，而且煎鱼用葱丝，加以最近观察所得的缺点，是女人的走路也扭得不很好。然而也偶有大可佩服的地方，即如未庄的乡下人不过打三十二张的竹牌，只有假洋鬼子能够叉“麻酱”，城里却连小乌龟子都叉得精熟的。什么假洋鬼子，只要放在城里的十几岁的小乌龟子的手里，也就立刻是“小鬼见阎王”。这一节，听的人都赧然了。

“你们可看见过杀头么？”阿 Q 说，“咳，好看。杀革命党。唉，好看好看，……”他摇摇头，将唾沫飞在正对面的赵司晨的脸上。这一节，听的人都凛然了。但阿 Q 又四面一看，忽然扬起右手，照着伸长脖子听得出神的王胡的后项窝上直劈下去道：

"嚓！"

王胡惊得一跳，同时电光石火似的赶快缩了头，而听的人又都悚然而且欣然了。从此王胡瘟头瘟脑的许多日，并且再不敢走近阿 Q 的身边；别的人也一样。

阿 Q 这时在未庄人眼睛里的地位，虽不敢说超过赵太爷，但谓之差不多，大约也就没有什么语病的了。

然而不多久，这阿 Q 的大名忽又传遍了未庄的闺中。虽然未庄只有钱赵两姓是大屋，此外十之九都是浅闺，但闺中究竟是闺中，所以也算得一件神异。女人们见面时一定说，邹七嫂在阿 Q 那里买了一条蓝绸裙，旧固然是旧的，但只化了九角钱。还有赵白眼的母亲，——一说是赵司晨的母亲，待考，——也买了一件孩子穿的大红洋纱衫，七成新，只用三百大钱九二串。于是伊们都眼巴巴的想见阿 Q，缺绸裙的想问他买绸裙，要洋纱衫的想问他买洋纱衫，不但见了不逃避，有时阿 Q 已经走过了，也还要追上去叫住他，问道：

"阿 Q，你还有绸裙么？没有？纱衫也要的，有罢？"

后来这终于从浅闺传进深闺里去了。因为邹七嫂得意之余，将伊的绸裙请赵太太去鉴赏，赵太太又告诉了赵太爷而且着实恭维了一番。赵太爷便在晚饭桌上，和秀才大爷讨论，以为阿 Q 实在有些古怪，我们门窗应该小心些；但他的东西，不知道可还有什么可买，也许有点好东西罢。加以赵太太也正想买一件价廉物美的皮背心。于是家族决议，便托邹七嫂即刻去寻阿 Q，而且为此新辟了第三种的例外：这晚上也姑且特准点油灯。

油灯干了不少了，阿 Q 还不到。赵府的全眷都很焦急，打着呵欠，或恨阿 Q 太飘忽，或怨邹七嫂不上紧。赵太太还怕他因为春天的条件不敢来，而赵太爷以为不足虑：因为这是“我”去叫他的。果然，到底赵太爷有见识，阿 Q 终于跟着邹七嫂进来了。

“他只说没有没有，我说你自己当面说去，他还要说，我说……”邹七嫂气喘吁吁的走着说。

“太爷！”阿 Q 似笑非笑的叫了一声，在檐下站住了。

“阿 Q，听说你在外面发财，”赵太爷踱开去，眼睛打量着他的全身，一面说。“那很好，那很好的。这个，……听说你有些旧东西，……可以都拿来看一看，……这也并不是别的，因为我倒要……”

“我对邹七嫂说过了。都完了。”

“完了？”赵太爷不觉失声的说，“那里会完得这样快呢？”

“那是朋友的，本来不多。他们买了些，……”

“总该还有一点罢。”

“现在，只剩了一张门幕了。”

“就拿门幕来看看罢。”赵太太慌忙说。

“那么，明天拿来就是，”赵太爷却不甚热心了。“阿 Q，你以后有什么东西的时候，你尽先送来给我们看，……”

“价钱决不会比别家出得少！”秀才说。秀才娘子忙一瞥阿 Q 的脸，看他感动了没有。

“我要一件皮背心。”赵太太说。

阿 Q 虽然答应着，却懒洋洋的出去了，也不知道他是否放在心上。这使赵太爷很失望，气愤而且担心，至于停止了打呵欠。秀才对于阿 Q 的态度也很不平，于是说，这忘八蛋要提防，或者不如吩咐地保，不许他住在未庄。但赵太爷以为不然，说这也怕要结怨，况且做这路生意的大概是“老鹰不吃窝下食”，本村倒不必担心的；只要自己夜里警醒点就是了。秀才听了这“庭训”，非常之以为然，便即刻撤消了驱逐阿 Q 的提议，而且叮嘱邹七嫂，请伊千万不要向人提起这一段话。

但第二日，邹七嫂便将那蓝裙去染了皂，又将阿 Q 可疑之点传扬出去了，可是确没有提起秀才要驱逐他这一节。

然而这已经于阿Q很不利。最先，地保寻上门了，取了他的门幕去，阿Q说是赵太太要看的，而地保也不还，并且要议定每月的孝敬钱。其次，是村人对于他的敬畏忽而变相了，虽然还不敢来放肆，却很有远避的神情，而这神情和先前的防他来“嚓”的时候又不同，颇混着“敬而远之”的分子了。

只有一班闲人们却还要寻根究底的去探阿Q的底细。阿Q也并不讳饰，傲然的说出他的经验来。从此他们才知道，他不过是一个小脚色，不但不能上墙，并且不能进洞，只站在洞外接东西。有一夜，他刚才接到一个包，正手再进去，不一会，只听得里面大嚷起来，他便赶紧跑，连夜爬出城，逃回未庄来了，从此不敢再去做。然而这故事却于阿Q更不利，村人对于阿Q的“敬而远之”者，本因为怕结怨，谁料他不过是一个不敢再偷的偷儿呢？这实在是“斯亦不足畏也矣”。

第七章　革 命

宣统三年九月十四日——即阿Q将搭连卖给赵白眼的这一天——三更四点，有一只大乌篷船到了赵府上的河埠头。这船从黑魆魆中荡来，乡下人睡得熟，都没有知道；出去时将近黎明，却很有几个看见的了。据探头探脑的调查来的结果，知道那竟是举人老爷的船！

那船便将大不安载给了未庄，不到正午，全村的人心就很动摇。船的使命，赵家本来是很秘密的，但茶坊酒肆里却都说，革命党要进城，举人老爷到我们乡下来逃难了。惟有邹七嫂不以为然，说那不过是几口破衣箱，举人老爷想来寄存的，却已被赵太爷回复转去。其实举人老爷和赵秀才素不相能，在理本不能有“共患难”的情谊，况且邹七嫂又和赵家是邻居，见闻较为切近，所以大概该是伊对的。

然而谣言很旺盛，说举人老爷虽然似乎没有亲到，却有一封长信，和赵家排了“转折亲”。赵太爷肚里一轮，觉得于他总不会有坏处，便将箱子留下了，现就塞在太太的床底下。至于革命党，有的说是便在这一夜进了城，个个白盔白甲：穿着崇正皇帝的素。

阿 Q 的耳朵里，本来早听到过革命党这一句话，今年又亲眼见过杀掉革命党。但他有一种不知从那里来的意见，以为革命党便是造反，造反便是与他为难，所以一向是“深恶而痛绝之”的。殊不料这却使百里闻名的举人老爷有这样怕，于是他未免也有些“神往”了，况且未庄的一群鸟男女的慌张的神情，也使阿 Q 更快意。

“革命也好罢，”阿 Q 想，“革这伙妈妈的的命，太可恶！太可恨！……便是我，也要投降革命党了。”

阿Q近来用度窘，大约略略有些不平；加以午间喝了两碗空肚酒，愈加醉得快，一面想一面走，便又飘飘然起来。不知怎么一来，忽而似乎革命党便是自己，未庄人却都是他的俘虏了。他得意之余，禁不住大声的嚷道：

“造反了！造反了！”

未庄人都用了惊惧的眼光对他看。这一种可怜的眼光，是阿Q从来没有见过的，一见之下，又使他舒服得如六月里喝了雪水。他更加高兴的走而且喊道：

“好，……我要什么就是什么，我欢喜谁就是谁。

“得得，锵锵！

“悔不该，酒醉错斩了郑贤弟，

“悔不该，呀呀呀……

“得得，锵锵，得，锵令锵！

“我手执钢鞭将你打……”

赵府上的两位男人和两个真本家，也正站在大门口论革命。阿Q没有见，昂了头直唱过去。

“得得，……”

“老Q，”赵太爷怯怯的迎着低声的叫。

“锵锵，”阿Q料不到他的名字会和“老”字联结起来，以为是一句别的话，与己无干，只是唱。“得，锵，锵令锵，锵！”

“老Q。”

“悔不该……”

“阿Q！”秀才只得直呼其名了。

阿Q这才站住，歪着头问道，“什么？”

“老Q，……现在……”赵太爷却又没有话，“现在……发财么？”

“发财？自然。要什么就是什么……”

“阿……Q哥，像我们这样穷朋友是不要紧的……”赵白眼惴惴的说，似乎想探革命党的口风。

“穷朋友？你总比我有钱。”阿Q说着自去了。

大家都怃然，没有话。赵太爷父子回家，晚上商量到点灯。赵白眼回家，便从腰间扯下搭连来，交给他女人藏在箱底里。

阿Q飘飘然的飞了一通，回到土谷祠，酒已经醒透了。这晚上，管祠的老头子也意外的和气，请他喝茶；阿Q便向他要了两个饼，吃完之后，又要了一支点过的四两烛和一个树烛台，点起来，独自躺在自己的小屋里。他说不出的新鲜而且高兴，烛火像元夜似的闪闪的跳，他的思想也迸跳起来了：

“造反？有趣，……来了一阵白盔白甲的革命党，都拿着板刀，钢鞭，炸弹，洋炮，三尖两刃刀，钩镰枪，走过土谷祠，叫道，'阿Q！同去同去！'于是一同去。……

"这时未庄的一伙鸟男女才好笑哩，跪下叫道，'阿Q，饶命！'谁听他！第一个该死的是小D和赵太爷，还有秀才，还有假洋鬼子，……留几条么？王胡本来还可留，但也不要了。……

"东西，……直走进去打开箱子来：元宝，洋钱，洋纱衫，……秀才娘子的一张宁式床先搬到土谷祠，此外便摆了钱家的桌椅，——或者也就用赵家的罢。自己是不动手的了，叫小D来搬，要搬得快，搬得不快打嘴巴。……

"赵司晨的妹子真丑。邹七嫂的女儿过几年再说。假洋鬼子的老婆会和没有辫子的男人睡觉，吓，不是好东西！秀才的老婆是眼胞上有疤的。……吴妈长久不见了，不知道在那里，——可惜脚太大。"

阿Q没有想得十分停当，已经发了鼾声，四两烛还只点去了小半寸，红焰焰的光照着他张开的嘴。

"荷荷！"阿Q忽而大叫起来，抬了头仓皇的四顾，待到看见四两烛，却又倒头睡去了。

第二天他起得很迟，走出街上看时，样样都照旧。他也仍然肚饿，他想着，想不起什么来；但他忽而似乎有了主意了，慢慢的跨开步，有意无意的走到静修庵。

庵和春天时节一样静，白的墙壁和漆黑的门。他想了一想，前去打门，一只狗在里面叫。他急急拾了几块断砖，再上去较为用力的打，打到黑门上生出许多麻点的时候，才听得有人来开门。

阿Q连忙捏好砖头，摆开马步，准备和黑狗来开战。但庵门只开了一条缝，并无黑狗从中冲出，望进去只有一个老尼姑。

“你又来什么事？”伊大吃一惊的说。

“革命了……你知道？……”阿Q说得很含胡。

“革命革命，革过一革的，……你们要革得我们怎么样呢？”老尼姑两眼通红的说。

“什么？……”阿Q诧异了。

“你不知道，他们已经来革过了！”

“谁？……”阿Q更其诧异了。

“那秀才和洋鬼子！”

阿Q很出意外，不由的一错愕；老尼姑见他失了锐气，便飞速的关了门，阿Q再推时，牢不可开，再打时，没有回答了。

那还是上午的事。赵秀才消息灵，一知道革命党已在夜间进城，便将辫子盘在顶上，一早去拜访那历来也不相能的钱洋鬼子。这是“咸与维新”的时候了，所以他们便谈得很投机，立刻成了情投意合的同志，也相约去革命。他们想而又想，才想出静修庵里有一块“皇帝万岁万万岁”的龙牌，是应该赶紧革掉的，于是又立刻同到庵里去革命。因为老尼姑来阻挡，说了三句话，他们便将伊当作满政府，在头上很给了不少的棍子和栗凿。尼姑待他们走后，定了神来检点，龙牌固然已经碎在地上了，而且又不见了观音娘娘座前的一个宣德炉。

这事阿 Q 后来才知道。他颇悔自己睡着，但也深怪他们不来招呼他。他又退一步想道：

“难道他们还没有知道我已经投降了革命党么？”

第八章　不准革命

未庄的人心日见其安静了。据传来的消息，知道革命党虽然进了城，倒还没有什么大异样。知县大老爷还是原官，不过改称了什么，而且举人老爷也做了什么——这些名目，未庄人都说不明白——官，带兵的也还是先前的老把总。只有一件可怕的事是另有几个不好的革命党夹在里面捣乱，第二天便动手剪辫子，听说那邻村的航船七斤便着了道儿，弄得不像人样子了。但这却还不算大恐怖，因为未庄人本来少上城，即使偶有想进城的，也就立刻变了计，碰不着这危险。阿 Q 本也想进城去寻他的老朋友，一得这消息，也只得作罢了。

但未庄也不能说是无改革。几天之后，将辫子盘在顶上的逐渐增加起来了，早经说过，最先自然是茂才公，其次便是赵司晨和赵白眼，后来是阿Q。倘在夏天，大家将辫子盘在头顶上或者打一个结，本不算什么稀奇事，但现在是暮秋，所以这“秋行夏令”的情形，在盘辫家不能不说是万分的英断，而在未庄也不能说无关于改革了。

赵司晨脑后空荡荡的走来，看见的人大嚷说，

“嚄，革命党来了！”

阿Q听到了很羡慕。他虽然早知道秀才盘辫的大新闻，但总没有想到自己可以照样做，现在看见赵司晨也如此，才有了学样的意思，定下实行的决心。他用一支竹筷将辫子盘在头顶上，迟疑多时，这才放胆的走去。

他在街上走，人也看他，然而不说什么话，阿Q当初很不快，后来便很不平。他近来很容易闹脾气了；其实他的生活，倒也并不比造反之前反艰难，人见他也客气，店铺也不说要现钱。而阿Q总觉得自己太失意：既然革了命，不应该只是这样的。况且有一回看见小D，愈使他气破肚皮了。

小D也将辫子盘在头顶上了，而且也居然用一支竹筷。阿Q万料不到他也敢这样做，自己也决不准他这样做！小

D 是什么东西呢？他很想即刻揪住他，拗断他的竹筷，放下他的辫子，并且批他几个嘴巴，聊且惩罚他忘了生辰八字，也敢来做革命党的罪。但他终于饶放了，单是怒目而视的吐一口唾沫道“呸！”

这几日里，进城去的只有一个假洋鬼子。赵秀才本也想靠着寄存箱子的渊源，亲身去拜访举人老爷的，但因为有剪辫的危险，所以也中止了。他写了一封“黄伞格”的信，托假洋鬼子带上城，而且托他给自己绍介绍介，去进自由党。假洋鬼子回来时，向秀才讨还了四块洋钱，秀才便有一块银桃子挂在大襟上了；未庄人都惊服，说这是柿油党的顶子，抵得一个翰林；赵太爷因此也骤然大阔，远过于他儿子初隽秀才的时候，所以目空一切，见了阿 Q，也就很有些不放在眼里了。

阿 Q 正在不平，又时时刻刻感着冷落，一听得这银桃子的传说，他立即悟出自己之所以冷落的原因了：要革命，单说投降，是不行的；盘上辫子，也不行的；第一着仍然要和革命党去结识。他生平所知道的革命党只有两个，城里的一个早已“嚓”的杀掉了，现在只剩了一个假洋鬼子。他除却赶紧去和假洋鬼子商量之外，再没有别的道路了。

钱府的大门正开着，阿 Q 便怯怯的躄进去。他一到里面，很吃了惊，只见假洋鬼子正站在院子的中央，一身乌黑的大约是洋衣，身上也挂着一块银桃子，手里是阿 Q 曾经领教过的棍子，已经留到一尺多长的辫子都拆开了披在肩背上，蓬头散发的像一个刘海仙。对面挺直的站着赵白眼和三个闲人，正在必恭必敬的听说话。

阿 Q 轻轻的走近了，站在赵白眼的背后，心里想招呼，却不知道怎么说才好：叫他假洋鬼子固然是不行的了，洋人也不妥，革命党也不妥，或者就应该叫洋先生了罢。

洋先生却没有见他，因为白着眼睛讲得正起劲：

“我是性急的，所以我们见面，我总是说：洪哥！我们动手罢！他却总说道 No！——这是洋话，你们不懂的。否则早已成功了。然而这正是他做事小心的地方。他再三再四的请我上湖北，我还没有肯。谁愿意在这小县城里做事情。……”

“唔，……这个……”阿 Q 候他略停，终于用十二分的勇气开口了，但不知道因为什么，又并不叫他洋先生。

听着说话的四个人都吃惊的回顾他。洋先生也才看见：

“什么？”

“我……”

“出去！”

“我要投……”

“滚出去！”洋先生扬起哭丧棒来了。

赵白眼和闲人们便都吆喝道：“先生叫你滚出去，你还不听么！”

阿Q将手向头上一遮，不自觉的逃出门外；洋先生倒也没有追。他快跑了六十多步，这才慢慢的走，于是心里便涌起了忧愁：洋先生不准他革命，他再没有别的路；从此决不能望有白盔白甲的人来叫他，他所有的抱负，志向，希望，前程，全被一笔勾销了。至于闲人们传扬开去，给小D王胡等辈笑话，倒是还在其次的事。

他似乎从来没有经验过这样的无聊。他对于自己的盘辫子，仿佛也觉得无意味，要侮蔑；为报仇起见，很想立刻放下辫子来，但也没有竟放。他游到夜间，赊了两碗酒，喝下肚去，渐渐的高兴起来了，思想里才又出现白盔白甲的碎片。

有一天，他照例的混到夜深，待酒店要关门，才踱回土谷祠去。

拍，吧……！

他忽而听得一种异样的声音，又不是爆竹。阿Q本来是爱看热闹，爱管闲事的，便在暗中直寻过去。似乎前面有些脚步声；他正听，猛然间一个人从对面逃来了。阿Q一看见，便赶紧翻身跟着逃。那人转弯，阿Q也转弯，那人站住了，阿Q也站住。他看后面并无什么，看那人便是小D。

"什么？"阿Q不平起来了。

"赵……赵家遭抢了！"小D气喘吁吁的说。

阿Q的心怦怦的跳了。小D说了便走；阿Q却逃而又停的两三回。但他究竟是做过"这路生意"的人，格外胆大，于是躄出路角，仔细的听，似乎有些嚷嚷，又仔细的看，似乎许多白盔白甲的人，络绎的将箱子抬出了，器具抬出了，秀才娘子的宁式床也抬出了，但是不分明，他还想上前，两只脚却没有动。

这一夜没有月，未庄在黑暗里很寂静，寂静到像羲皇时候一般太平。阿Q站着看到自己发烦，也似乎还是先前一样，在那里来来往往的搬，箱子抬出了，器具抬出了，秀才娘子的宁式床也抬出了，……抬得他自己有些不信他的眼睛了。但他决计不再上前，却回到自己的祠里去了。

土谷祠里更漆黑；他关好大门，摸进自己的屋子里。他躺了好一会，这才定了神，而且发出关于自己的思想来：白盔白甲的人明明到了，并不来打招呼，搬了许多好东西，又没有自己的份，——这全是假洋鬼子可恶，不准我造反，否则，这次何至于没有我的份呢？阿Q越想越气，终于禁不住满心痛恨起来，毒毒的点一点头："不准我造反，只准你造反？妈妈的假洋鬼子，——好，你造反！造反是杀头的罪名呵，我总要告一状，看你抓进县里去杀头，——满门抄斩，——嚓！嚓！”

第九章　大团圆

赵家遭抢之后，未庄人大抵很快意而且恐慌，阿 Q 也很快意而且恐慌。但四天之后，阿 Q 在半夜里忽被抓进县城里去了。那时恰是暗夜，一队兵，一队团丁，一队警察，五个侦探，悄悄地到了未庄，乘昏暗围住土谷祠，正对门架好机关枪；然而阿 Q 不冲出。许多时没有动静，把总焦急起来了，悬了二十千的赏，才有两个团丁冒了险，踰垣进去，里应外合，一拥而入，将阿 Q 抓出来；直待擒出祠外面的机关枪左近，他才有些清醒了。

到进城，已经是正午，阿 Q 见自己被搀进一所破衙门，转了五六个弯，便推在一间小屋里。他刚刚一跄踉，那用整株的木料做成的栅栏门便跟着他的脚跟阖上了，其余的三面都是墙壁，仔细看时，屋角上还有两个人。

阿 Q 虽然有些忐忑，却并不很苦闷，因为他那土谷祠里的卧室，也并没有比这间屋子更高明。那两个也仿佛是乡下人，渐渐和他兜搭起来了，一个说是举人老爷要追他祖父欠下来的陈租，一个不知道为了什么事。他们问阿 Q，阿 Q 爽利的答道，“因为我想造反。”

他下半天便又被抓出栅栏门去了，到得大堂，上面坐着一个满头剃得精光的老头子。阿Q疑心他是和尚，但看见下面站着一排兵，两旁又站着十几个长衫人物，也有满头剃得精光像这老头子的，也有将一尺来长的头发披在背后像那假洋鬼子的，都是一脸横肉，怒目而视的看他；他便知道这人一定有些来历，膝关节立刻自然而然的宽松，便跪了下去了。

“站着说！不要跪！”长衫人物都吆喝说。

阿Q虽然似乎懂得，但总觉得站不住，身不由己的蹲了下去，而且终于趁势改为跪下了。

“奴隶性！……”长衫人物又鄙夷似的说，但也没有叫他起来。

“你从实招来罢，免得吃苦。我早都知道了。招了可以放你。”那光头的老头子看定了阿Q的脸，沉静的清楚的说。

“招罢！”长衫人物也大声说。

“我本来要……来投……”阿Q胡里胡涂的想了一通，这才断断续续的说。

“那么，为什么不来的呢？”老头子和气的问。

“假洋鬼子不准我！”

“胡说！此刻说，也迟了。现在你的同党在那里？”

“什么？……”

“那一晚打劫赵家的一伙人。”

“他们没有来叫我。他们自己搬走了。”阿Q提起来便愤愤。

“走到那里去了呢？说出来便放你了。”老头子更和气了。

“我不知道，……他们没有来叫我……”

然而老头子使了一个眼色，阿Q便又被抓进栅栏门里了。他第二次抓出栅栏门，是第二天的上午。

大堂的情形都照旧。上面仍然坐着光头的老头子，阿Q也仍然下了跪。

老头子和气的问道，“你还有什么话说么？”

阿Q一想，没有话，便回答说，“没有。”

于是一个长衫人物拿了一张纸，并一支笔送到阿Q的面前，要将笔塞在他手里。阿Q这时很吃惊，几乎“魂飞魄散”了：因为他的手和笔相关，这回是初次。他正不知怎样拿；那人却又指着一处地方教他画花押。

“我……我……不认得字。”阿Q一把抓住了笔，惶恐而且惭愧的说。

“那么，便宜你，画一个圆圈！”

阿Q要画圆圈了，那手捏着笔却只是抖。于是那人替他将纸铺在地上，阿 Q 伏下去，使尽了平生的力气画圆圈。他生怕被人笑话，立志要画得圆，但这可恶的笔不但很沉重，并且不听话，刚刚一抖一抖的几乎要合缝，却又向外一耸，画成瓜子模样了。

阿 Q 正羞愧自己画得不圆，那人却不计较，早已掣了纸笔去，许多人又将他第二次抓进栅栏门。

他第二次进了栅栏，倒也并不十分懊恼。他以为人生天地之间，大约本来有时要抓进抓出，有时要在纸上画圆圈的，惟有圈而不圆，却是他"行状"上的一个污点。但不多时也就释然了，他想：孙子才画得很圆的圆圈呢。于是他睡着了。

然而这一夜，举人老爷反而不能睡：他和把总呕了气了。举人老爷主张第一要追赃，把总主张第一要示众。把总近来很不将举人老爷放在眼里了，拍案打凳的说道，"惩一儆百！你看，我做革命党还不上二十天，抢案就是十几件，全不破案，我的面子在那里？破了案，你又来迂。不成！这是我管的！"举人老爷窘急了，然而还坚持，说是倘若不追赃，他便立刻辞了帮办民政的职务。而把总却道，"请便罢！"于是举人老爷在这一夜竟没有睡，但幸第二天倒也没有辞。

阿 Q 第三次抓出栅栏门的时候，便是举人老爷睡不着的那一夜的明天的上午了。他到了大堂，上面还坐着照例的光头老头子；阿Q也照例的下了跪。

老头子很和气的问道，“你还有什么话么？”

阿Q一想，没有话，便回答说，“没有。”

许多长衫和短衫人物，忽然给他穿上一件洋布的白背心，上面有些黑字。阿Q很气苦：因为这很像是带孝，而带孝是晦气的。然而同时他的两手反缚了，同时又被一直抓出衙门外去了。

阿Q被抬上了一辆没有蓬的车，几个短衣人物也和他同坐在一处。这车立刻走动了，前面是一班背着洋炮的兵们和团丁，两旁是许多张着嘴的看客，后面怎样，阿Q没有见。但他突然觉到了：这岂不是去杀头么？他一急，两眼发黑，耳朵里嗡的一声，似乎发昏了。然而他又没有全发昏，有时虽然着急，有时却也泰然；他意思之间，似乎觉得人生天地间，大约本来有时也未免要杀头的。

他还认得路，于是有些诧异了：怎么不向着法场走呢？他不知道这是在游街，在示众。但即使知道也一样，他不过便以为人生天地间，大约本来有时也未免要游街要示众罢了。

他省悟了，这是绕到法场去的路，这一定是“嚓”的去杀头。他惘惘的向左右看，全跟着马蚁似的人，而在无意中，却在路旁的人丛中发见了一个吴妈。很久违，伊原来在城里做工了。阿 Q 忽然很羞愧自己没志气：竟没有唱几句戏。他的思想仿佛旋风似的在脑里一回旋：《小孤孀上坟》欠堂皇，《龙虎斗》里的“悔不该……”也太乏，还是“手执钢鞭将你打”罢。他同时想手一扬，才记得这两手原来都捆着，于是“手执钢鞭”也不唱了。

“过了二十年又是一个……”阿 Q 在百忙中，“无师自通”的说出半句从来不说的话。

“好！！！”从人丛里，便发出豺狼的嗥叫一般的声音来。

车子不住的前行，阿 Q 在喝采声中，轮转眼睛去看吴妈，似乎伊一向并没有见他，却只是出神的看着兵们背上的洋炮。

阿 Q 于是再看那些喝采的人们。

这刹那中，他的思想又仿佛旋风似的在脑里一回旋了。四年之前，他曾在山脚下遇见一只饿狼，永是不近不远的跟定他，要吃他的肉。他那时吓得几乎要死，幸而手里有一柄斫柴刀，才得仗这壮了胆，支持到未庄；可是永远记得那狼眼睛，又凶又怯，闪闪的像两颗鬼火，似乎远远的来穿透了他的皮肉。而这回他又看见从来没有见过的更可怕的眼睛了，又钝又锋利，不但已经咀嚼了他的话，并且还要咀嚼他皮肉以外的东西，永是不近不远的跟他走。

这些眼睛们似乎连成一气，已经在那里咬他的灵魂。

“救命，……”

然而阿Q没有说。他早就两眼发黑，耳朵里嗡的一声，觉得全身仿佛微尘似的迸散了。

至于当时的影响，最大的倒反在举人老爷，因为终于没有追赃，他全家都号咷了。其次是赵府，非特秀才因为上城去报官，被不好的革命党剪了辫子，而且又破费了二十千的赏钱，所以全家也号咷了。从这一天以来，他们便渐渐的都发生了遗老的气味。

至于舆论，在未庄是无异议，自然都说阿Q坏，被枪毙便是他的坏的证据：不坏又何至于被枪毙呢？而城里的舆论却不佳，他们多半不满足，以为枪毙并无杀头这般好看；而且那是怎样的一个可笑的死囚呵，游了那么久的街，竟没有唱一句戏：他们白跟一趟了。

一九二一年十二月

原载1921年12月4日至1922年2月12日北京《晨报副刊》，每周或隔周刊登一次，署名巴人。

祝福

旧历的年底毕竟最像年底，村镇上不必说，就在天空中也显出将到新年的气象来。灰白色的沉重的晚云中间时时发出闪光，接着一声钝响，是送灶的爆竹；近处燃放的可就更强烈了，震耳的大音还没有息，空气里已经散满了幽微的火药香。我是正在这一夜回到我的故乡鲁镇的。虽说故乡，然而已没有家，所以只得暂寓在鲁四老爷的宅子里。他是我的本家，比我长一辈，应该称之曰“四叔”，是一个讲理学的老监生。他比先前并没有什么大改变，单是老了些，但也还未留胡子，一见面是寒暄，寒暄之后说我“胖了”，说我“胖了”之后即大骂其新党。但我知道，这并非借题在骂我：因为他所骂的还是康有为。但是，谈话是总不投机的了，于是不多久，我便一个人剩在书房里。

第二天我起得很迟，午饭之后，出去看了几个本家和朋友；第三天也照样。他们也都没有什么大改变，单是老了些；家中却一律忙，都在准备着“祝福”。这是鲁镇年终的大典，致敬尽礼，迎接福神，拜求来年一年中的好运气的。杀鸡，宰鹅，买猪肉，用心细细的洗，女人的臂膊都在水里浸得通红，有的还带着绞丝银镯子。煮熟之后，横七竖八的插些筷子在这类东西上，可就称为“福礼”了，五更天陈列起来，并且点上香烛，恭请福神们来享用，拜的却只限于男人，拜完自然仍然是放爆竹。年年如此，家家如此，——只要买得起福礼和爆竹之类的，——今年自然也如此。天色愈阴暗了，下午竟下起雪来，雪花大的有梅花那么大，满天飞舞，夹着烟霭和忙碌的气色，将鲁镇乱成一团糟。我回到四叔的书房里时，瓦楞上已经雪白，房里也映得较光明，极分明的显出壁上挂着的朱拓的大“壽”字，陈抟老祖写的，一边的对联已经脱落，松松的卷了放在长桌上，一边的还在，道是“事理通达心气和平”。我又无聊赖的到窗下的案头去一翻，只见一堆似乎未必完全的《康熙字典》，一部《近思录集注》和一部《四书衬》。无论如何，我明天决计要走了。

况且，一想到昨天遇见祥林嫂的事，也就使我不能安住。那是下午，我到镇的东头访过一个朋友，走出来，就在河边遇见她；而且见她瞪着的眼睛的视线，就知道明明是向我走来的。我这回在鲁镇所见的人们中，改变之大，可以说无过于她的了：五年前的花白的头发，即今已经全白，全不像四十上下的人；脸上瘦削不堪，黄中带黑，而且消尽了先前悲哀的神色，仿佛是木刻似的；只有那眼珠间或一轮，还可以表示她是一个活物。她一手提着竹篮，内中一个破碗，空的；一手拄着一支比她更长的竹竿，下端开了裂：她分明已经纯乎是一个乞丐了。

我就站住，豫备她来讨钱。

“你回来了？”她先这样问。

“是的。”

“这正好。你是识字的，又是出门人，见识得多。我正要问你一件事——”她那没有精采的眼睛忽然发光了。

我万料不到她却说出这样的话来，诧异的站着。

“就是——”她走近两步，放低了声音，极秘密似的切切的说，“一个人死了之后，究竟有没有魂灵的？”

我很悚然，一见她的眼盯着我的，背上也就遭了芒刺一般，比在学校里遇到不及豫防的临时考，教师又偏是站在身旁的时候，惶急得多了。对于魂灵的有无，我自己是向来毫不介意的；但在此刻，怎样回答她好呢？我在极短期的踌躇中，想，这里的人照例相信鬼，然而她，却疑惑了，——或者不如说希望：希望其有，又希望其无……。人何必增添末路的人的苦恼，为她起见，不如说有罢。

“也许有罢，——我想。”我于是吞吞吐吐的说。

“那么，也就有地狱了？”

“阿！地狱？”我很吃惊，只得支梧着，“地狱？——论理，就该也有。——然而也未必，……谁来管这等事……。”

“那么，死掉的一家的人，都能见面的？”

“唉唉，见面不见面呢？……”这时我已知道自己也还是完全一个愚人，什么踌躕，什么计画，都挡不住三句问，我即刻胆怯起来了，便想全翻过先前的话来，“那是，……实在，我说不清……。其实，究竟有没有魂灵，我也说不清。”

我乘她不再紧接的问，迈开步便走，匆匆的逃回四叔的家中，心里很觉得不安逸。自己想，我这答话怕于她有些危险。她大约因为在别人的祝福时候，感到自身的寂寞了，然而会不会含有别的什么意思的呢？——或者是有了什么豫感了？倘有别的意思，又因此发生别的事，则我的答话委实该负若干的责任……但随后也就自笑，觉得偶尔的事，本没有什么深意义，而我偏要细细推敲，正无怪教育家要说是生着神经病；而况明明说过“说不清”，已经推翻了答话的全局，即使发生什么事，于我也毫无关系了。

“说不清”是一句极有用的话。不更事的勇敢的少年，往往敢于给人解决疑问，选定医生，万一结果不佳，大抵反成了怨府，然而一用这说不清来作结束，便事事逍遥自在了。我在这时，更感到这一句话的必要，即使和讨饭的女人说话，也是万不可省的。

但是我总觉得不安，过了一夜，也仍然时时记忆起来，仿佛怀着什么不祥的豫感；在阴沉的雪天里，在无聊的书房里，这不安愈加强烈了。不如走罢，明天进城去。福兴楼的清燉鱼翅，一元一大盘，价廉物美，现不知增价了否？往日同游的朋友，虽然已经云散，然而鱼翅是不可不吃的，即使只有我一个……。无论如何，我明天决计要走了。

我因为常见些但愿不如所料，以为未毕竟如所料的事，却每每恰如所料的起来，所以很恐怕这事也一律。果然，特别的情形开始了。傍晚，我竟听到有些人聚在内室里谈话，仿佛议论什么事似的，但不一会，说话声也就止了，只有四叔且走而且高声的说：

“不早不迟，偏偏要在这时候，——这就可见是一个谬种！”

我先是诧异，接着是很不安，似乎这话于我有关系。试望门外，谁也没有。好容易待到晚饭前他们的短工来冲茶，我才得了打听消息的机会。

“刚才，四老爷和谁生气呢？”我问。

“还不是和祥林嫂？”那短工简捷的说。

“祥林嫂？怎么了？”我又赶紧的问。

“老了。”

“死了？”我的心突然紧缩，几乎跳起来，脸上大约也变了色，但他始终没有抬头，所以全不觉。我也就镇定了自己，接着问：

“什么时候死的？”

“什么时候？——昨天夜里，或者就是今天罢。——我说不清。”

“怎么死的？”

“怎么死的？——还不是穷死的？”他淡然的回答，仍然没有抬头向我看，出去了。

然而我的惊惶却不过暂时的事，随着就觉得要来的事，已经过去，并不必仰仗我自己的“说不清”和他之所谓“穷死的”的宽慰，心地已经渐渐轻松；不过偶然之间，还似乎有些负疚。晚饭摆出来了，四叔俨然的陪着。我也还想打听些关于祥林嫂的消息，但知道他虽然读过“鬼神者二气之良能也”，而忌讳仍然极多，当临近祝福时候，是万不可提起死亡疾病之类的话的；倘不得已，就该用一种替代的隐语，可惜我又不知道，因此屡次想问，而终于中止了。我从他俨然的脸色上，又忽而疑他正以为我不早不迟，偏要在这时候来打搅他，也是一个谬种，便立刻告诉他明天要离开鲁镇，进城去，趁早放宽了他的心。他也不很留。这样闷闷的吃完了一餐饭。

冬季日短，又是雪天，夜色早已笼罩了全市镇。人们都在灯下匆忙，但窗外很寂静。雪花落在积得厚厚的雪褥上面，听去似乎瑟瑟有声，使人更加感得沉寂。我独坐在发出黄光的菜油灯下，想，这百无聊赖的祥林嫂，被人们弃在尘芥堆中的，看得厌倦了的陈旧的玩物，先前还将形骸露在尘芥里，从活得有趣的人们看来，恐怕要怪讶她何以还要存在，总算被无常打扫得干干净净了。魂灵的有无，我不知道；然而在现世，则无聊生者不生，即使厌见者不见，为人为己，也还都不错。我静听着窗外似乎瑟瑟作响的雪花声，一面想，反而渐渐的舒畅起来。

然而先前所见所闻的她的半生事迹的断片，至此也联成一片了。

她不是鲁镇人。有一年的冬初，四叔家里要换女工，做中人的卫老婆子带她进来了，头上扎着白头绳，乌裙，蓝夹袄，月白背心，年纪大约二十六七，脸色青黄，但两颊却还是红的。卫老婆子叫她祥林嫂，说是自己母家的邻舍，死了当家人，所以出来做工了。四叔皱了皱眉，四婶已经知道了他的意思，是在讨厌她是一个寡妇。但是她模样还周正，手脚都壮大，又只是顺着眼，不开一句口，很像一个安分耐劳的人，便不管四叔的皱眉，将她留下了。试工期内，她整天的做，似乎闲着就无聊，又有力，简直抵得过一个男子，所以第三天就定局，每月工钱五百文。

大家都叫她祥林嫂；没问她姓什么，但中人是卫家山人，既说是邻居，那大概也就姓卫了。她不很爱说话，别人问了才回答，答的也不多。直到十几天之后，这才陆续的知道她家里还有严厉的婆婆；一个小叔子，十多岁，能打柴了；她是春天没了丈夫的；他本来也打柴为生，比她小十岁：大家所知道的就只是这一点。

日子很快的过去了，她的做工却丝毫没有懈，食物不论，力气是不惜的。人们都说鲁四老爷家里雇着了女工，实在比勤快的男人还勤快。到年底，扫尘，洗地，杀鸡，宰鹅，彻夜的煮福礼，全是一人担当，竟没有添短工。然而她反满足，口角边渐渐的有了笑影，脸上也白胖了。

新年才过，她从河边淘米回来时，忽而失了色，说刚才远远地看见几个男人在对岸徘徊，很像夫家的堂伯，恐怕是正在寻她而来的。四婶很惊疑，打听底细，她又不说。四叔一知道，就皱一皱眉，道：

“这不好。恐怕她是逃出来的。”

她诚然是逃出来的，不多久，这推想就证实了。

此后大约十几天，大家正已渐渐忘却了先前的事，卫老婆子忽而带了一个三十多岁的女人进来了，说那是祥林嫂的婆婆。那女人虽是山里人模样，然而应酬很从容，说话也能干，寒暄之后，就赔罪，说她特来叫她的儿媳回家去，因为开春事务忙，而家中只有老的和小的，人手不够了。

“既是她的婆婆要她回去，那有什么话可说呢。”四叔说。

于是算清了工钱，一共一千七百五十文，她全存在主人家，一文也还没有用，便都交给她的婆婆。那女人又取了衣服，道过谢，出去了。其时已经是正午。

“阿呀，米呢？祥林嫂不是去淘米的么？……”好一会，四婶这才惊叫起来。她大约有些饿，记得午饭了。

于是大家分头寻淘箩。她先到厨下，次到堂前，后到卧房，全不见淘箩的影子。四叔踱出门外，也不见，直到河边，才见平平正正的放在岸上，旁边还有一株菜。

看见的人报告说，河里面上午就泊了一只白篷船，篷是全盖起来的，不知道什么人在里面，但事前也没有人去理会他。待到祥林嫂出来淘米，刚刚要跪下去，那船里便突然跳出两个男人来，像是山里人，一个抱住她，一个帮着，拖进船去了。祥林嫂还哭喊了几声，此后便再没有什么声息，大约给用什么堵住了罢。接着就走上两个女人来，一个不认识，一个就是卫婆子。窥探舱里，不很分明，她像是捆了躺在船板上。

“可恶！然而……。”四叔说。

这一天是四婶自己煮中饭；他们的儿子阿牛烧火。

午饭之后，卫老婆子又来了。

“可恶！”四叔说。

“你是什么意思？亏你还会再来见我们。”四婶洗着碗，一见面就愤愤的说，“你自己荐她来，又合伙劫她去，闹得沸反盈天的，大家看了成个什么样子？你拿我们家里开玩笑么？”

“阿呀阿呀，我真上当。我这回，就是为此特地来说说清楚的。她来求我荐地方，我那里料得到是瞒着她的婆婆的呢。对不起，四老爷，四太太。总是我老发昏，不小心，对不起主顾。幸而府上是向来宽洪大量，不肯和小人计较的。这回我一定荐一个好的来折罪……。”

“然而……。”四叔说。

于是祥林嫂事件便告终结，不久也就忘却了。

只有四婶，因为后来雇用的女工，大抵非懒即馋，或者馋而且懒，左右不如意，所以也还提起祥林嫂。每当这些时候，她往往自言自语的说，“她现在不知道怎么样了？”意思是希望她再来。但到第二年的新正，她也就绝了望。

新正将尽，卫老婆子来拜年了，已经喝得醉醺醺的，自说因为回了一趟卫家山的娘家，住下几天，所以来得迟了。她们问答之间，自然就谈到祥林嫂。

“她么？”卫老婆子高兴的说，“现在是交了好运了。她婆婆来抓她回去的时候，是早已许给了贺家墺的贺老六的，所以回家之后不几天，也就装在花轿里抬去了。”

“阿呀，这样的婆婆！……”四婶惊奇的说。

“阿呀，我的太太！你真是大户人家的太太的话。我们山里人，小户人家，这算得什么？她有小叔子，也得娶老婆。不嫁了她，那有这一注钱来做聘礼？他的婆婆倒是精明强干的女人呵，很有打算，所以就将她嫁到山里去。倘许给本村人，财礼就不多；惟独肯嫁进深山野墺里去的女人少，所以她就到手了八十千。现在第二个儿子的媳妇也娶进了，财礼只花了五十，除去办喜事的费用，还剩十多千。吓，你看，这多么好打算？……”

“祥林嫂竟肯依？……”

“这有什么依不依。——闹是谁也总要闹一闹的；只要用绳子一捆，塞在花轿里，抬到男家，捺上花冠，拜堂，关上房门，就完事了。可是祥林嫂真出格，听说那时实在闹得利害，大家还都说大约因为在念书人家做过事，所以与众不同呢。太太，我们见得多了：回头人出嫁，哭喊的也有，说要寻死觅活的也有，抬到男家闹得拜不成天地的也有，连花烛都砸了的也有。祥林嫂可是异乎寻常，他们说她一路只是嚎，骂，抬到贺家墺，喉咙已经全哑了。拉出轿来，两个男人和她的小叔子使劲的擒住她也还拜不成天地。他们一不小心，一松手，阿呀，阿弥陀佛，她就一头撞在香案角上，头上碰了一个大窟窿，鲜血直流，用了两把香灰，包上两块红布还止不住血呢。直到七手八脚的将她和男人反关在新房里，还是骂，阿呀呀，这真是……。”她摇一摇头，顺下眼睛，不说了。

“后来怎么样呢？”四婶还问。

“听说第二天也没有起来。”她抬起眼来说。

“后来呢？”

“后来？——起来了。她到年底就生了一个孩子，男的，新年就两岁了。我在娘家这几天，就有人到贺家墺去，回来说看见他们娘儿俩，母亲也胖，儿子也胖；上头又没有婆婆，男人所有的是力气，会做活；房子是自家的。——唉唉，她真是交了好运了。”

从此之后，四婶也就不再提起祥林嫂。

但有一年的秋季，大约是得到祥林嫂好运的消息之后的又过了两个新年，她竟又站在四叔家的堂前了。桌上放着一个荸荠式的圆篮，檐下一个小铺盖。她仍然头上扎着白头绳，乌裙，蓝夹袄，月白背心，脸色青黄，只是两颊上已经消失了血色，顺着眼，眼角上带些泪痕，眼光也没有先前那样精神了。而且仍然是卫老婆子领着，显出慈悲模样，絮絮的对四婶说：

“……这实在是叫作‘天有不测风云’，她的男人是坚实人，谁知道年纪青青，就会断送在伤寒上？本来已经好了的，吃了一碗冷饭，复发了。幸亏有儿子；她又能做，打柴摘茶养蚕都来得，本来还可以守着，谁知道那孩子又会给狼衔去的呢？春天快完了，村上倒反来了狼，谁料到？现在她只剩了一个光身了。大伯来收屋，又赶她。她真是走投无路了，只好来求老主人。好在她现在已经再没有什么牵挂，太太家里又凑巧要换人，所以我就领她来。——我想，熟门熟路，比生手实在好得多……。”

“我真傻，真的，”祥林嫂抬起她没有神采的眼睛来，接着说，“我单知道下雪的时候野兽在山墺里没有食吃，会到村里来；我不知道春天也会有。我一清早起来就开了门，拿小篮盛了一篮豆，叫我们的阿毛坐在门槛上剥豆去。他是很听话的，我的话句句听；他出去了。我就在屋后劈柴，淘米，米下了锅，要蒸豆。我叫阿毛，没有应，出去一看，只见豆撒得一地，没有我们的阿毛了。他是不到别家去玩的；各处去一问，果然没有。我急了，央人出去寻。直到下半天，寻来寻去寻到山墺里，看见刺柴上桂着一只他的小鞋。大家都说，糟了，怕是遭了狼了。再进去：他果然躺在草窠里，肚里的五脏已经都给吃空了，手上还紧紧的捏着那只小篮呢。……”她接着但是呜咽，说不出成句的话来。

四婶起初还踌躇，待到听完她自己的话，眼圈就有些红了。她想了一想，便教拿圆篮和铺盖到下房去。卫老婆子仿佛卸了一肩重担似的嘘一口气；祥林嫂比初来时候神气舒畅些，不待指引，自己驯熟的安放了铺盖。她从此又在鲁镇做女工了。

大家仍然叫她祥林嫂。

然而这一回，她的境遇却改变得非常大。上工之后的两三天，主人们就觉得她手脚已没有先前一样灵活，记性也坏得多，死尸似的脸上又整日没有笑影，四婶的口气上，已颇有些不满了。当她初到的时候，四叔虽然照例皱过眉，但鉴于向来雇用女工之难，也就并不大反对，只是暗暗地告诫四婶说，这种人虽然似乎很可怜，但是败坏风俗的，用她帮忙还可以，祭祀时候可用不着她沾手，一切饭菜，只好自已做，否则，不干不净，祖宗是不吃的。

四叔家里最重大的事件是祭祀，祥林嫂先前最忙的时候也就是祭祀，这回她却清闲了。桌子放在堂中央，系上桌帏，她还记得照旧的去分配酒杯和筷子。

“祥林嫂，你放着罢！我来摆。”四婶慌忙的说。

她讪讪的缩了手，又去取烛台。

“祥林嫂，你放着罢！我来拿。”四婶又慌忙的说。

她转了几个圆圈，终于没有事情做，只得疑惑的走开。她在这一天可做的事是不过坐在灶下烧火。

镇上的人们也仍然叫她祥林嫂，但音调和先前很不同；也还和她讲话，但笑容却冷冷的了。她全不理会那些事，只是直着眼睛，和大家讲她自己日夜不忘的故事：

“我真傻，真的，”她说，“我单知道雪天是野兽在深山里没有食吃，会到村里来；我不知道春天也会有。我一大早起来就开了门，拿小篮盛了一篮豆，叫我们的阿毛坐在门槛上剥豆去。他是很听话的孩子，我的话句句听；他就出去了。我就在屋后劈柴，淘米，米下了锅，打算蒸豆。我叫，‘阿毛！’没有应。出去一看，只见豆撒得满地，没有我们的阿毛了。各处去一问，都没有。我急了，央人去寻去。直到下半天，几个人寻到山墺里，看见刺柴上挂着一只他的小鞋。大家都说，完了，怕是遭了狼了；再进去；果然，他躺在草窠里，肚里的五脏已经都给吃空了，可怜他手里还紧紧的捏着那只小篮呢。……”她于是淌下眼泪来，声音也呜咽了。

这故事倒颇有效，男人听到这里，往往敛起笑容，没趣的走了开去；女人们却不独宽恕了她似的，脸上立刻改换了鄙薄的神气，还要陪出许多眼泪来。有些老女人没有在街头听到她的话，便特意寻来，要听她这一段悲惨的故事。直到她说到呜咽，她们也就一齐流下那停在眼角上的眼泪，叹息一番，满足的去了，一面还纷纷的评论着。

她就只是反复的向人说她悲惨的故事，常常引住了三五个人来听她。但不久，大家也都听得纯熟了，便是最慈悲的念佛的老太太们，眼里也再不见有一点泪的痕迹。后来全镇的人们几乎都能背诵她的话，一听到就烦厌得头痛。

“我真傻，真的，”她开首说。

“是的，你是单知道雪天野兽在深山里没有食吃，才会到村里来的。”他们立即打断她的话，走开去了。

她张着口怔怔的站着，直着眼睛看他们，接着也就走了，似乎自己也觉得没趣。但她还妄想，希图从别的事，如小篮，豆，别人的孩子上，引出她的阿毛的故事来。倘一看见两三岁的小孩子，她就说：

“唉唉，我们的阿毛如果还在，也就有这么大了。……”

孩子看见她的眼光就吃惊，牵着母亲的衣襟催她走。于是又只剩下她一个，终于没趣的也走了。后来大家又都知道了她的脾气，只要有孩子在眼前，便似笑非笑的先问她，道：

"祥林嫂，你们的阿毛如果还在，不是也就有这么大了么？"

她未必知道她的悲哀经大家咀嚼赏鉴了许多天，早已成为渣滓，只值得烦厌和唾弃；但从人们的笑影上，也仿佛觉得这又冷又尖，自己再没有开口的必要了。她单是一瞥他们，并不回答一句话。

鲁镇永远是过新年，腊月二十以后就忙起来了。四叔家里这回须雇男短工，还是忙不过来，另叫柳妈做帮手，杀鸡，宰鹅；然而柳妈是善女人，吃素，不杀生的，只肯洗器皿。祥林嫂除烧火之外，没有别的事，却闲着了，坐着只看柳妈洗器皿。微雪点点的下来了。

"唉唉，我真傻，"祥林嫂看了天空，叹息着，独语似的说。

"祥林嫂，你又来了。"柳妈不耐烦的看着她的脸，说。"我问你：你额角上的伤疤，不就是那时撞坏的么？"

"唔唔。"她含胡的回答。

“我问你：你那时怎么后来竟依了呢？”

“我么？……”，

“你呀。我想：这总是你自己愿意了，不然……。”

“阿阿，你不知道他力气多么大呀。”

“我不信。我不信你这么大的力气，真会拗他不过。你后来一定是自己肯了，倒推说他力气大。”

“阿阿，你……你倒自己试试看。”她笑了。

柳妈的打皱的脸也笑起来，使她蹙缩得像一个核桃；干枯的小眼睛一看祥林嫂的额角，又钉住她的眼。祥林嫂似乎很局促了，立刻敛了笑容，旋转眼光，自去看雪花。

“祥林嫂，你实在不合算。”柳妈诡秘的说。“再一强，或者索性撞一个死，就好了。现在呢，你和你的第二个男人过活不到两年，倒落了一件大罪名。你想，你将来到阴司去，那两个死鬼的男人还要争，你给了谁好呢？阎罗大王只好把你锯开来，分给他们。我想，这真是……”

她脸上就显出恐怖的神色来，这是在山村里所未曾知道的。

“我想，你不如及早抵当。你到土地庙里去捐一条门槛，当作你的替身，给千人踏，万人跨，赎了这一世的罪名，免得死了去受苦。”

她当时并不回答什么话，但大约非常苦闷了，第二天早上起来的时候，两眼上便都围着大黑圈。早饭之后，她便到镇的西头的土地庙里去求捐门槛，庙祝起初执意不允许，直到她急得流泪，才勉强答应了。价目是大钱十二千。

她久已不和人们交口，因为阿毛的故事是早被大家厌弃了的；但自从和柳妈谈了天，似乎又即传扬开去，许多人都发生了新趣味，又来逗她说话了。至于题目，那自然是换了一个新样，专在她额上的伤疤。

“祥林嫂，我问你：你那时怎么竟肯了？”一个说。

“唉，可惜，白撞了这一下。”一个看着她的疤，应和道。

她大约从他们的笑容和声调上，也知道是在嘲笑她，所以总是瞪着眼睛，不说一句话，后来连头也不回了。她整日紧闭了嘴唇，头上带着大家以为耻辱的记号的那伤痕，默默的跑街，扫地，洗菜，淘米。快够一年，她才从四婶手里支取了历来积存的工钱，换算了十二元鹰洋，请假到镇的西头去。但不到一顿饭时候，她便回来，神气很舒畅，眼光也分外有神，高兴似的对四婶说，自己已经在土地庙捐了门槛了。

冬至的祭祖时节，她做得更出力，看四婶装好祭品，和阿牛将桌子抬到堂屋中央，她便坦然的去拿酒杯和筷子。

“你放着罢，祥林嫂！”四婶慌忙大声说。

她像是受了炮烙似的缩手，脸色同时变作灰黑，也不再去取烛台，只是失神的站着。直到四叔上香的时候，教她走开，她才走开。这一回她的变化非常大，第二天，不但眼睛窈陷下去，连精神也更不济了。而且很胆怯，不独怕暗夜，怕黑影，即使看见人，虽是自己的主人，也总惴惴的，有如在白天出穴游行的小鼠；否则呆坐着，直是一个木偶人。不半年，头发也花白起来了，记性尤其坏，甚而至于常常忘却了去掏米。

“祥林嫂怎么这样了？倒不如那时不留她。”四婶有时当面就这样说，似乎是警告她。

然而她总如此，全不见有伶俐起来的希望。他们于是想打发她走了，教她回到卫老婆子那里去。但当我还在鲁镇的时候，不过单是这样说；看现在的情状，可见后来终于实行了。然而她是从四叔家出去就成了乞丐的呢，还是先到卫老婆子家然后再成乞丐的呢？那我可不知道。

我给那些因为在近旁而极响的爆竹声惊醒，看见豆一般大的黄色的灯火光，接着又听得毕毕剥剥的鞭炮，是四叔家正在“祝福”了；知道已是五更将近时候。我在蒙胧中，又隐约听到远处的爆竹声联绵不断，似乎合成一天音响的浓云，夹着团团飞舞的雪花，拥抱了全市镇。我在这繁响的拥抱中，也懒散而且舒适，从白天以至初夜的疑虑，全给祝福的空气一扫而空了，只觉得天地圣众歆享了牲醴和香烟，都醉醺醺的在空中蹒跚，豫备给鲁镇的人们以无限的幸福。

一九二四年二月七日

原载 1924 年 3 月 25 日上海《东方杂志》半月刊第 21 卷第 6 号。

伤　逝

——涓生的手记

如果我能够，我要写下我的悔恨和悲哀，为子君，为自己。

会馆里的被遗忘在偏僻里的破屋是这样地寂静和空虚。时光过得真快，我爱子君，仗着她逃出这寂静和空虚，已经满一年了。事情又这么不凑巧，我重来时，偏偏空着的又只有这一间屋。依然是这样的破窗，这样的窗外的半枯的槐树和老紫藤，这样的窗前的方桌，这样的败壁，这样的靠壁的板床。深夜中独自躺在床上，就如我未曾和子君同居以前一般，过去一年中的时光全被消灭，全未有过，我并没有曾经从这破屋子搬出，在吉兆胡同创立了满怀希望的小小的家庭。

不但如此。在一年之前，这寂静和空虚是并不这样的，常常含着期待；期待子君的到来。在久待的焦躁中，一听到皮鞋的高底尖触着砖路的清响，是怎样地使我骤然生动起来呵！于是就看见带着笑涡的苍白的圆脸，苍白的瘦的臂膊，布的有条纹的衫子，玄色的裙。她又带了窗外的半枯的槐树的新叶来，使我看见，还有挂在铁似的老干上的一房一房的紫白的藤花。

然而现在呢，只有寂静和空虚依旧，子君却决不再来了，而且永远，永远地！……

子君不在我这破屋里时，我什么也看不见。在百无聊赖中，顺手抓过一本书来，科学也好，文学也好，横竖什么都一样；看下去，看下去，忽而自己觉得，已经翻了十多页了，但是毫不记得书上所说的事。只是耳朵却分外地灵，仿佛听到大门外一切往来的履声，从中便有子君的，而且橐橐地逐渐临近，——但是，往往又逐渐渺茫，终于消失在别的步声的杂沓中了。我憎恶那不像子君鞋声的穿布底鞋的长班的儿子，我憎恶那太像子君鞋声的常常穿着新皮鞋的邻院的搽雪花膏的小东西！

莫非她翻了车么？莫非她被电车撞伤了么？……

我便要取了帽子去看她，然而她的胞叔就曾经当面骂过我。

蓦然，她的鞋声近来了，一步响于一步，迎出去时，却已经走过紫藤棚下，脸上带着微笑的酒窝。她在她叔子的家里大约并未受气；我的心宁帖了，默默地相视片时之后，破屋里便渐渐充满了我的语声，谈家庭专制，谈打破旧习惯，谈男女平等，谈伊孛生，谈泰戈尔，谈雪莱……。

她总是微笑点头，两眼里弥漫着稚气的好奇的光泽。壁上就钉着一张铜板的雪莱半身像，是从杂志上裁下来的，是他的最美的一张像。当我指给她看时，她却只草草一看，便低了头，似乎不好意思了。这些地方，子君就大概还未脱尽旧思想的束缚，——我后来也想，倒不如换一张雪莱淹死在海里的记念像或是伊孛生的罢；但也终于没有换，现在是连这一张也不知那里去了。

“我是我自己的，他们谁也没有干涉我的权利！”

这是我们交际了半年，又谈起她在这里的胞叔和在家的父亲时，她默想了一会之后，分明地，坚决地，沉静地说了出来的话。其时是我已经说尽了我的意见，我的身世，我的缺点，很少隐瞒；她也完全了解的了。这几句话很震动了我的灵魂，此后许多天还在耳中发响，而且说不出的狂喜，知道中国女性，并不如厌世家所说那样的无法可施，在不远的将来，便要看见辉煌的曙色的。

送她出门，照例是相离十多步远；照例是那鲇鱼须的老东西的脸又紧帖在脏的窗玻璃上了，连鼻尖都挤成一个小平面；到外院，照例又是明晃晃的玻璃窗里的那小东西的脸，加厚的雪花膏。她目不邪视地骄傲地走了，没有看见；我骄傲地回来。

“我是我自己的，他们谁也没有干涉我的权利！”这彻底的思想就在她的脑里，比我还透澈，坚强得多。半瓶雪花膏和鼻尖的小平面，于她能算什么东西呢？

我已经记不清那时怎样地将我的纯真热烈的爱表示给她。岂但现在，那时的事后便已模胡，夜间回想，早只剩了一些断片了；同居以后一两月，便连这些断片也化作无可追踪的梦影。我只记得那时以前的十几天，曾经很仔细地研究过表示的态度，排列过措辞的先后，以及倘或遭了拒绝以后的情形。可是临时似乎都无用，在慌张中，身不由己地竟用了在电影上见过的方法了。后来一想到，就使我很愧恧，但在记忆上却偏只有这一点永远留遗，至今还如暗室的孤灯一般，照见我含泪握着她的手，一条腿跪了下去……。

不但我自己的，便是子君的言语举动，我那时就没有看得分明；仅知道她已经允许我了。但也还仿佛记得她脸色变成青白，后来又渐渐转作绯红，——没有见过，也没有再见的绯红；孩子似的眼里射出悲喜，但是夹着惊疑的光，虽然力避我的视线，张皇地似乎要破窗飞去。然而我知道她已经允许我了，没有知道她怎样说或是没有说。

她却是什么都记得：我的言辞，竟至于读熟了的一般，能够滔滔背诵；我的举动，就如有一张我所看不见的影片挂在眼下，叙述得如生，很细微，自然连那使我不愿再想的浅薄的电影的一闪。夜阑人静，是相对温习的时候了，我常是被质问，被考验，并且被命复述当时的言语，然而常须由她补足，由她纠正，像一个丁等的学生。

这温习后来也渐渐稀疏起来。但我只要看见她两眼注视空中，出神似的凝想着，于是神色越加柔和，笑窝也深下去，便知道她又在自修旧课了，只是我很怕她看到我那可笑的电影的一闪。但我又知道，她一定要看见，而且也非看不可的。

然而她并不觉得可笑。即使我自己以为可笑，甚而至于可鄙的，她也毫不以为可笑。这事我知道得很清楚，因为她爱我，是这样地热烈，这样地纯真。

去年的暮春是最为幸福，也是最为忙碌的时光。我的心平静下去了，但又有别一部分和身体一同忙碌起来。我们这时才在路上同行，也到过几回公园，最多的是寻住所。我觉得在路上时时遇到探索，讥笑，猥亵和轻蔑的眼光，一不小心，便使我的全身有些瑟缩，只得即刻提起我的骄傲和反抗来支持。她却是大无畏的，对于这些全不关心，只是镇静地缓缓前行，坦然如入无人之境。

寻住所实在不是容易事，大半是被托辞拒绝，小半是我们以为不相宜。起先我们选择得很苛酷，——也非苛酷，因为看去大抵不像是我们的安身之所；后来，便只要他们能相容了。看了二十多处，这才得到可以暂且敷衍的处所，是吉兆胡同一所小屋里的两间南屋；主人是一个小官，然而倒是明白人，自住着正屋和厢房。他只有夫人和一个不到周岁的女孩子，雇一个乡下的女工，只要孩子不啼哭，是极其安闲幽静的。

我们的家具很简单，但已经用去了我的筹来的款子的大半；子君还卖掉了她唯一的金戒指和耳环。我拦阻她，还是定要卖，我也就不再坚持下去了；我知道不给她加入一点股分去，她是住不舒服的。

和她的叔子，她早经闹开，至于使他气愤到不再认她做侄女；我也陆续和几个自以为忠告，其实是替我胆怯，或者竟是嫉妒的朋友绝了交。然而这倒很清静。每日办公散后，虽然已近黄昏，车夫又一定走得这样慢，但究竟还有二人相对的时候。我们先是沉默的相视，接着是放怀而亲密的交谈，后来又是沉默。大家低头沉思着，却并未想着什么事。我也渐渐清醒地读遍了她的身体，她的灵魂，不过三星期，我似乎于她已经更加了解，揭去许多先前以为了解而现在看来却是隔膜，即所谓真的隔膜了。

子君也逐日活泼起来。但她并不爱花，我在庙会时买来的两盆小草花，四天不浇，枯死在壁角了，我又没有照顾一切的闲暇。然而她爱动物，也许是从官太太那里传染的罢，不一月，我们的眷属便骤然加得很多，四只小油鸡，在小院子里和房主人的十多只在一同走。但她们却认识鸡的相貌，各知道那一只是自家的。还有一只花白的叭儿狗，从庙会买来，记得似乎原有名字，子君却给它另起了一个，叫作阿随。我就叫它阿随，但我不喜欢这名字。

这是真的，爱情必须时时更新，生长，创造。我和子君说起这，她也领会地点点头。

唉唉，那是怎样的宁静而幸福的夜呵！

安宁和幸福是要凝固的，永久是这样的安宁和幸福。我们在会馆里时，还偶有议论的冲突和意思的误会，自从到吉兆胡同以来，连这一点也没有了；我们只在灯下对坐的怀旧谭中，回味那时冲突以后的和解的重生一般的乐趣。

子君竟胖了起来，脸色也红活了；可惜的是忙。管了家务便连谈天的工夫也没有，何况读书和散步。我们常说，我们总还得雇一个女工。

这就使我也一样地不快活，傍晚回来，常见她包藏着不快活的颜色，尤其使我不乐的是她要装作勉强的笑容。幸而探听出来了，也还是和那小官太太的暗斗，导火线便是两家的小油鸡。但又何必硬不告诉我呢？人总该有一个独立的家庭。这样的处所，是不能居住的。

我的路也铸定了，每星期中的六天，是由家到局，又由局到家。在局里便坐在办公桌前钞，钞，钞些公文和信件；在家里是和她相对或帮她生白炉子，煮饭，蒸馒头。我的学会了煮饭，就在这时候。

但我的食品却比在会馆里时好得多了。做菜虽不是子君的特长，然而她于此却倾注着全力；对于她的日夜的操心，使我也不能不一同操心，来算作分甘共苦。况且她又这样地终日汗流满面，短发都粘在脑额上；两只手又只是这样地粗糙起来。

况且还要饲阿随，饲油鸡，……都是非她不可的工作。

我曾经忠告她：我不吃，倒也罢了；却万不可这样地操劳。她只看了我一眼，不开口，神色却似乎有点凄然；我也只好不开口。然而她还是这样地操劳。

我所豫期的打击果然到来。双十节的前一晚，我呆坐着，她在洗碗。听到打门声，我去开门时，是局里的信差，交给我一张油印的纸条。我就有些料到了，到灯下去一看，果然，印着的就是：

> 奉
>
> 局长谕史涓生着毋庸到局办事
>
> 秘书处启　十月九号

这在会馆里时，我就早已料到了；那雪花膏便是局长的儿子的赌友，一定要去添些谣言，设法报告的。到现在才发生效验，已经要算是很晚的了。其实这在我不能算是一个打击，因为我早就决定，可以给别人去钞写，或者教读，或者虽然费力，也还可以译点书，况且《自由之友》的总编辑便是见过几次的熟人，两月前还通过信。但我的心却跳跃着。那么一个无畏的子君也变了色，尤其使我痛心；她近来似乎也较为怯弱了。

“那算什么。哼，我们干新的。我们……。”她说。

她的话没有说完；不知怎地，那声音在我听去却只是浮浮的；灯光也觉得格外黯淡。人们真是可笑的动物，一点极微末的小事情，便会受着很深的影响。我们先是默默地相视，逐渐商量起来，终于决定将现有的钱竭力节省，一面登“小广告”去寻求钞写和教读，一面写信给《自由之友》的总编辑，说明我目下的遭遇，请他收用我的译本，给我帮一点艰辛时候的忙。

“说做，就做罢！来开一条新的路！”

我立刻转身向了书案，推开盛香油的瓶子和醋碟，子君便送过那黯淡的灯来。我先拟广告；其次是选定可译的书，迁移以来未曾翻阅过，每本的头上都满漫着灰尘了；最后才写信。

我很费踌躕，不知道怎样措辞好，当停笔凝思的时候，转眼去一瞥她的脸，在昏暗的灯光下，又很见得凄然。我真不料这样微细的小事情，竟会给坚决的，无畏的子君以这么显著的变化。她近来实在变得很怯弱了，但也并不是今夜才开始的。我的心因此更缭乱，忽然有安宁的生活的影像——会馆里的破屋的寂静，在眼前一闪，刚刚想定睛凝视，却又看见了昏暗的灯光。

许久之后，信也写成了，是一封颇长的信；很觉得疲劳，仿佛近来自己也较为怯弱了。于是我们决定，广告和发信，就在明日一同实行。大家不约而同地伸直了腰肢，在无言中，似乎又都感到彼此的坚忍崛强的精神，还看见从新萌芽起来的将来的希望。

外来的打击其实倒是振作了我们的新精神。局里的生活，原如鸟贩子手里的禽鸟一般，仅有一点小米维系残生，决不会肥胖；日子一久，只落得麻痹了翅子，即使放出笼外，早已不能奋飞。现在总算脱出这牢笼了，我从此要在新的开阔的天空中翱翔，趁我还未忘却了我的翅子的扇动。

小广告是一时自然不会发生效力的；但译书也不是容易事，先前看过，以为已经懂得的，一动手，却疑难百出了，进行得很慢。然而我决计努力地做，一本半新的字典，不到半月，边上便有了一大片乌黑的指痕，这就证明着我的工作的切实。《自由之友》的总编辑曾经说过，他的刊物是决不会埋没好稿子的。

可惜的是我没有一间静室，子君又没有先前那么幽静，善于体帖了，屋子里总是散乱着碗碟，弥漫着煤烟，使人不能安心做事，但是这自然还只能怨我自己无力置一间书斋。然而又加以阿随，加以油鸡们。加以油鸡们又大起来了，更容易成为两家争吵的引线。

加以每日的“川流不息”的吃饭；子君的功业，仿佛就完全建立在这吃饭中。吃了筹钱，筹来吃饭，还要喂阿随，饲油鸡；她似乎将先前所知道的全都忘掉了，也不想到我的构思就常常为了这催促吃饭而打断。即使在坐中给看一点怒色，她总是不改变，仍然毫无感触似的大嚼起来。

使她明白了我的作工不能受规定的吃饭的束缚，就费去五星期。她明白之后，大约很不高兴罢，可是没有说。我的工作果然从此较为迅速地进行，不久就共译了五万言，只要润色一回，便可以和做好的两篇小品，一同寄给《自由之友》去。只是吃饭却依然给我苦恼。菜冷，是无妨的，然而竟不够；有时连饭也不够，虽然我因为终日坐在家里用脑，饭量已经比先前要减少得多。这是先去喂了阿随了，有时还并那近来连自己也轻易不吃的羊肉。她说，阿随实在瘦得太可怜，房东太太还因此嗤笑我们了，她受不住这样的奚落。

于是吃我残饭的便只有油鸡们。这是我积久才看出来的，但同时也如赫胥黎的论定“人类在宇宙间的位置”一般，自觉了我在这里的位置：不过是叭儿狗和油鸡之间。

后来，经多次的抗争和催逼，油鸡们也逐渐成为肴馔，我们和阿随都享用了十多日的鲜肥；可是其实都很瘦，因为它们早已每日只能得到几粒高粱了。从此便清静得多。只有子君很颓唐，似乎常觉得凄苦和无聊，至于不大愿意开口。我想，人是多么容易改变呵！

但是阿随也将留不住了。我们已经不能再希望从什么地方会有来信，子君也早没有一点食物可以引它打拱或直立起来。冬季又逼近得这么快，火炉就要成为很大的问题；它的食量，在我们其实早是一个极易觉得的很重的负担。于是连它也留不住了。

倘使插了草标到庙市去出卖，也许能得几文钱罢，然而我们都不能，也不愿这样做。终于是用包袱蒙着头，由我带到西郊去放掉了，还要追上来，便推在一个并不很深的土坑里。

我一回寓，觉得又清静得多多了；但子君的凄惨的神色，却使我很吃惊。那是没有见过的神色，自然是为阿随。但又何至于此呢？我还没有说起推在土坑里的事。

到夜间，在她的凄惨的神色中，加上冰冷的分子了。

“奇怪。——子君，你怎么今天这样儿了？”我忍不住问。

“什么？”她连看也不看我。

“你的脸色……。”

“没有什么，——什么也没有。”

我终于从她言动上看出，她大概已经认定我是一个忍心的人。其实，我一个人，是容易生活的，虽然因为骄傲，向来不与世交来往，迁居以后，也疏远了所有旧识的人，然而只要能远走高飞，生路还宽广得很。现在忍受着这生活压迫的苦痛，大半倒是为她，便是放掉阿随，也何尝不如此。但子君的识见却似乎只是浅薄起来，竟至于连这一点也想不到了。

我拣了一个机会，将这些道理暗示她；她领会似的点头。然而看她后来的情形，她是没有懂，或者是并不相信的。

天气的冷和神情的冷，逼迫我不能在家庭中安身。但是，往那里去呢？大道上，公园里，虽然没有冰冷的神情，冷风究竟也刺得人皮肤欲裂。我终于在通俗图书馆里觅得了我的天堂。

那里无须买票；阅书室里又装着两个铁火炉。纵使不过是烧着不死不活的煤的火炉，但单是看见装着它，精神上也就总觉得有些温暖。书却无可看：旧的陈腐，新的是几乎没有的。

好在我到那里去也并非为看书。另外时常还有几个人，多则十余人，都是单薄衣裳，正如我，各人看各人的书，作为取暖的口实。这于我尤为合式。道路上容易遇见熟人，得到轻蔑的一瞥，但此地却决无那样的横祸，因为他们是永远围在别的铁炉旁，或者靠在自家的白炉边的。

那里虽然没有书给我看，却还有安闲容得我想。待到孤身枯坐，回忆从前，这才觉得大半年来，只为了爱，——盲目的爱——而将别的人生的要义全盘疏忽了。第一，便是生活。人必生活着，爱才有所附丽。世界上并非没有为了奋斗者而开的活路；我也还未忘却翅子的扇动，虽然比先前已经颓唐得多……。

屋子和读者渐渐消失了，我看见怒涛中的渔夫，战壕中的兵士，摩托车中的贵人，洋场上的投机家，深山密林中的豪杰，讲台上的教授，昏夜的运动者和深夜的偷儿……。子君，——不在近旁。她的勇气都失掉了，只为着阿随悲愤，为着做饭出神；然而奇怪的是倒也并不怎样瘦损……。

冷了起来，火炉里的不死不活的几片硬煤，也终于烧尽了，已是闭馆的时候。又须回到吉兆胡同，领略冰冷的颜色去了。近来也间或遇到温暖的神情，但这却反而增加我的苦痛。记得有一夜，子君的眼里忽而又发出久已不见的稚气的光来，笑着和我谈到还在会馆时候的情形，时时又很带些恐怖的神色。我知道我近来的超过她的冷漠，已经引起她的忧疑来，只得也勉力谈笑，想给她一点慰藉。然而我的笑貌一上脸，我的话一出口，却即刻变为空虚，这空虚又即刻发生反响，回向我的耳目里，给我一个难堪的恶毒的冷嘲。

子君似乎也觉得的，从此便失掉了她往常的麻木似的镇静，虽然竭力掩饰，总还是时时露出忧疑的神色来，但对我却温和得多了。

我要明告她，但我还没有敢，当决心要说的时候，看见她孩子一般的眼色，就使我只得暂且改作勉强的欢容。但是这又即刻来冷嘲我，并使我失却那冷漠的镇静。

她从此又开始了往事的温习和新的考验，逼我做出许多虚伪的温存的答案来，将温存示给她，虚伪的草稿便写在自己的心上。我的心渐被这些草稿填满了，常觉得难于呼吸。我在苦恼中常常想，说真实自然须有极大的勇气的；假如没有这勇气，而苟安于虚伪，那也便是不能开辟新的生路的人。不独不是这个，连这人也未尝有！

子君有怨色，在早晨，极冷的早晨，这是从未见过的，但也许是从我看来的怨色。我那时冷冷地气愤和暗笑了；她所磨练的思想和豁达无畏的言论，到底也还是一个空虚，而对于这空虚却并未自觉。她早已什么书也不看，已不知道人的生活的第一着是求生，向着这求生的道路，是必须携手同行，或奋身孤往的了，倘使只知道捶着一个人的衣角，那便是虽战士也难于战斗，只得一同灭亡。

我觉得新的希望就只在我们的分离；她应该决然舍去，——我也突然想到她的死，然而立刻自责，忏悔了。幸而是早晨，时间正多，我可以说我的真实。我们的新的道路的开辟，便在这一遭。

我和她闲谈，故意地引起我们的往事，提到文艺，于是涉及外国的文人，文人的作品：《诺拉》，《海的女人》。称扬诺拉的果决……。也还是去年在会馆的破屋里讲过的那些话，但现在已经变成空虚，从我的嘴传入自己的耳中，时时疑心有一个隐形的坏孩子，在背后恶意地刻毒地学舌。

她还是点头答应着倾听，后来沉默了。我也就断续地说完了我的话，连余音都消失在虚空中了。

“是的。”她又沉默了一会，说，“但是，……涓生，我觉得你近来很两样了。可是的？你，——你老实告诉我。”

我觉得这似乎给了我当头一击，但也立即定了神，说出我的意见和主张来：新的路的开辟，新的生活的再造，为的是免得一同灭亡。

临末，我用了十分的决心，加上这几句话：

“……况且你已经可以无须顾虑，勇往直前了。你要我老实说；是的，人是不该虚伪的。我老实说罢：因为，因为我已经不爱你了！但这于你倒好得多，因为你更可以毫无挂念地做事……。”

我同时豫期着大的变故的到来，然而只有沉默。她脸色陡然变成灰黄，死了似的；瞬间便又苏生，眼里也发了稚气的闪闪的光泽。这眼光射向四处，正如孩子在饥渴中寻求着慈爱的母亲，但只在空中寻求，恐怖地回避着我的眼。

我不能看下去了，幸而是早晨，我冒着寒风径奔通俗图书馆。

在那里看见《自由之友》，我的小品文都登出了。这使我一惊，仿佛得了一点生气。我想，生活的路还很多，——但是，现在这样也还是不行的。

我开始去访问久已不相闻问的熟人，但这也不过一两次；他们的屋子自然是暖和的，我在骨髓中却觉得寒冽。夜间，便蜷伏在比冰还冷的冷屋中。

冰的针刺着我的灵魂，使我永远苦于麻木的疼痛。生活的路还很多，我也还没有忘却翅子的扇动，我想。——我突然想到她的死，然而立刻自责，忏悔了。

在通俗图书馆里往往瞥见一闪的光明，新的生路横在前面。她勇猛地觉悟了，毅然走出这冰冷的家，而且，——毫无怨恨的神色。我便轻如行云，漂浮空际，上有蔚蓝的天，下是深山大海，广厦高楼，战场，摩托车，洋场，公馆，晴明的闹市，黑暗的夜……。

而且，真的，我豫感得这新生面便要来到了。

我们总算度过了极难忍受的冬天，这北京的冬天；就如蜻蜓落在恶作剧的坏孩子的手里一般，被系着细线，尽情玩弄，虐待，虽然幸而没有送掉性命，结果也还是躺在地上，只争着一个迟早之间。

写给《自由之友》的总编辑已经有三封信，这才得到回信，信封里只有两张书券：两角的和三角的。我却单是催，就用了九分的邮票，一天的饥饿，又都白挨给于己一无所得的空虚了。

然而觉得要来的事，却终于来到了。

这是冬春之交的事，风已没有这么冷，我也更久地在外面徘徊；待到回家，大概已经昏黑。就在这样一个昏黑的晚上，我照常没精打采地回来，一看见寓所的门，也照常更加丧气，使脚步放得更缓。但终于走进自己的屋子里了，没有灯火；摸火柴点起来时，是异样的寂寞和空虚！

正在错愕中，官太太便到窗外来叫我出去。

“今天子君的父亲来到这里，将她接回去了。”她很简单地说。

这似乎又不是意料中的事，我便如脑后受了一击，无言地站着。

“她去了么？”过了些时，我只问出这样一句话。

“她去了。”

“她，——她可说什么？”

“没说什么。单是托我见你回来时告诉你，说她去了。”

我不信；但是屋子里是异样的寂寞和空虚。我遍看各处，寻觅子君；只见几件破旧而黯淡的家具，都显得极其清疏，在证明着它们毫无隐匿一人一物的能力。我转念寻信或她留下的字迹，也没有；只是盐和干辣椒，面粉，半株白菜，却聚集在一处了，旁边还有几十枚铜元。这是我们两人生活材料的全副，现在她就郑重地将这留给我一个人，在不言中，教我借此去维持较久的生活。

我似乎被周围所排挤，奔到院子中间，有昏黑在我的周围；正屋的纸窗上映出明亮的灯光，他们正在逗着孩子玩笑。我的心也沉静下来，觉得在沉重的迫压中，渐渐隐约地现出脱走的路径：深山大泽，洋场，电灯下的盛筵，壕沟，最黑最黑的深夜，利刃的一击，毫无声响的脚步……。

心地有些轻松，舒展了，想到旅费，并且嘘一口气。

躺着，在合着的眼前经过的豫想的前途，不到半夜已经现尽；暗中忽然仿佛看见一堆食物，这之后，便浮出一个子君的灰黄的脸来，睁了孩子气的眼睛，恳托似的看着我。我一定神，什么也没有了。

但我的心却又觉得沉重。我为什么偏不忍耐几天，要这样急急地告诉她真话的呢？现在她知道，她以后所有的只是她父亲——儿女的债主——的烈日一般的严威和旁人的赛过冰霜的冷眼。此外便是虚空。负着虚空的重担，在严威和冷眼中走着所谓人生的路，这是怎么可怕的事呵！而况这路的尽头，又不过是——连墓碑也没有的坟墓。

我不应该将真实说给子君，我们相爱过，我应该永久奉献她我的说谎。如果真实可以宝贵，这在子君就不该是一个沉重的空虚。谎语当然也是一个空虚，然而临末，至多也不过这样地沉重。

我以为将真实说给子君，她便可以毫无顾虑，坚决地毅然前行，一如我们将要同居时那样。但这恐怕是我错误了。她当时的勇敢和无畏是因为爱。

我没有负着虚伪的重担的勇气，却将真实的重担卸给她了。她爱我之后，就要负了这重担，在严威和冷眼中走着所谓人生的路。

我想到她的死……。我看见我是一个卑怯者，应该被摈于强有力的人们，无论是真实者，虚伪者。然而她却自始至终，还希望我维持较久的生活……。

我要离开吉兆胡同，在这里是异样的空虚和寂寞。我想，只要离开这里，子君便如还在我的身边；至少，也如还在城中，有一天，将要出乎意表地访我，像住在会馆时候似的。

然而一切请托和书信，都是一无反响；我不得已，只好访问一个久不问候的世交去了。他是我伯父的幼年的同窗，以正经出名的拔贡，寓京很久，交游也广阔的。

大概因为衣服的破旧罢，一登门便很遭门房的白眼。好容易才相见，也还相识，但是很冷落。我们的往事，他全都知道了。

“自然，你也不能在这里了，”他听了我托他在别处觅事之后，冷冷地说，“但那里去呢？很难。——你那，什么呢，你的朋友罢，子君，你可知道，她死了。”

我惊得没有话。

“真的？”我终于不自觉地问。

“哈哈。自然真的。我家的王升的家，就和她家同村。”

“但是，——不知道是怎么死的？”

“谁知道呢。总之是死了就是了。”

我已经忘却了怎样辞别他，回到自己的寓所。我知道他是不说谎话的；子君总不会再来的了，像去年那样。她虽是想在严威和冷眼中负着虚空的重担来走所谓人生的路，也已经不能。她的命运，已经决定她在我所给与的真实——无爱的人间死灭了！

自然，我不能在这里了；但是，“那里去呢？”

四围是广大的空虚，还有死的寂静。死于无爱的人们的眼前的黑暗，我仿佛一一看见，还听得一切苦闷和绝望的挣扎的声音。

我还期待着新的东西到来，无名的，意外的。但一天一天，无非是死的寂静。

我比先前已经不大出门，只坐卧在广大的空虚里，一任这死的寂静侵蚀着我的灵魂。死的寂静有时也自己战栗，自己退藏，于是在这绝续之交，便闪出无名的，意外的，新的期待。

一天是阴沉的上午，太阳还不能从云里面挣扎出来；连空气都疲乏着。耳中听到细碎的步声和咻咻的鼻息，使我睁开眼。大致一看，屋子里还是空虚；但偶然看到地面，却盘旋着一匹小小的动物，瘦弱的，半死的，满身灰土的……。

我一细看，我的心就一停，接着便直跳起来。

那是阿随。它回来了。

我离开吉兆胡同，也不单是为了房主人们和他家女工的冷眼，大半就为着这阿随。但是，“那里去呢？”新的生路自然还很多，我约略知道，也间或依稀看见，觉得就在我面前，然而我还没有知道跨进那里去的第一步的方法。

经过许多回的思量和比较，也还只有会馆是还能相容的地方。依然是这样的破屋，这样的板床，这样的半枯的槐树和紫藤，但那时使我希望，欢欣，爱，生活的，却全都逝去了，只有一个虚空，我用真实去换来的虚空存在。

新的生路还很多，我必须跨进去，因为我还活着。但我还不知道怎样跨出那第一步。有时，仿佛看见那生路就像一条灰白的长蛇，自己蜿蜒地向我奔来，我等着，等着，看看临近，但忽然便消失在黑暗里了。

初春的夜，还是那么长。长久的枯坐中记起上午在街头所见的葬式，前面是纸人纸马，后面是唱歌一般的哭声。我现在已经知道他们的聪明了，这是多么轻松简截的事。

然而子君的葬式却又在我的眼前，是独自负着虚空的重担，在灰白的长路上前行，而又即刻消失在周围的严威和冷眼里了。

我愿意真有所谓鬼魂，真有所谓地狱，那么，即使在孽风怒吼之中，我也将寻觅子君，当面说出我的悔恨和悲哀，祈求她的饶恕；否则，地狱的毒焰将围绕我，猛烈地烧尽我的悔恨和悲哀。

我将在孽风和毒焰中拥抱子君，乞她宽容，或者使她快意……。

但是，这却更虚空于新的生路；现在所有的只是初春的夜，竟还是那么长。我活着，我总得向着新的生路跨出去，那第一步，——却不过是写下我的悔恨和悲哀，为子君，为自己。

我仍然只有唱歌一般的哭声，给子君送葬，葬在遗忘中。

我要遗忘；我为自己，并且要不再想到这用了遗忘给子君送葬。

我要向着新的生路跨进第一步去，我要将真实深深地藏在心的创伤中，默默地前行，用遗忘和说谎做我的前导……。

一九二五年十月二十一日毕

1926年8月收入《彷徨》，此前未曾发表。

辑二 散文

1933年5月，为斯诺《活的中国》一书拍摄的照片

《呐喊》自序

我在年青时候也曾经做过许多梦，后来大半忘却了，但自己也并不以为可惜。所谓回忆者，虽说可以使人欢欣，有时也不免使人寂寞，使精神的丝缕还牵着已逝的寂寞的时光，又有什么意味呢，而我偏苦于不能全忘却，这不能全忘的一部分，到现在便成了《呐喊》的来由。

我有四年多，曾经常常，——几乎是每天，出入于质铺和药店里，年纪可是忘却了，总之是药店的柜台正和我一样高，质铺的是比我高一倍，我从一倍高的柜台外送上衣服或首饰去，在侮蔑里接了钱，再到一样高的柜台上给我久病的父亲去买药。回家之后，又须忙别的事了，因为开方的医生是最有名的，以此所用的药引也奇特：冬天的芦根，经霜三年的甘蔗，蟋蟀要原对的，结子的平地木，……多不是容易办到的东西。然而我的父亲终于日重一日的亡故了。

有谁从小康人家而坠入困顿的么，我以为在这途路中，大概可以看见世人的真面目；我要到 N 进 K 学堂去了，仿佛是想走异路，逃异地，去寻求别样的人们。我的母亲没有法，办了八元的川资，说是由我的自便；然而伊哭了，这正是情理中的事，因为那时读书应试是正路，所谓学洋务，社会上便以为是一种走投无路的人，只得将灵魂卖给鬼子，要加倍的奚落而且排斥的，而况伊又看不见自己的儿子了。然而我也顾不得这些事，终于到 N 去进了 K 学堂了，在这学堂里，我才知道世上还有所谓格致，算学，地理，历史，绘图和体操。生理学并不教，但我们却看到些木版的《全体新论》和《化学卫生论》之类了。我还记得先前的医生的议论和方药，和现在所知道的比较起来，便渐渐的悟得中医不过是一种有意的或无意的骗子，同时又很起了对于被骗的病人和他的家族的同情；而且从译出的历史上，又知道了日本维新是大半发端于西方医学的事实。

因为这些幼稚的知识，后来便使我的学籍列在日本一个乡间的医学专门学校里了。我的梦很美满，预备卒业回来，救治像我父亲似的被误的病人的疾苦，战争时候便去当军医，一面又促进了国人对于维新的信仰。我已不知道教授微生物学的方法，现在又有了怎样的进步了，总之那时是用了电影，来显示微生物的形状的，因此有时讲义的一段落已完，而时间还没有到，教师便映些风景或时事的画片给学生看，以用去这多余的光阴。其时正当日俄战争的时候，关于战事的画片自然也就比较的多了，我在这一个讲堂中，便须常常随喜我那同学们的拍手和喝彩。有一回，我竟在画片上忽然会见我久违的许多中国人了，一个绑在中间，许多站在左右，一样是强壮的体格，而显出麻木的神情。据解说，则绑着的是替俄国做了军事上的侦探，正要被日军砍下头颅来示众，而围着的便是来赏鉴这示众的盛举的人们。

这一学年没有完毕，我已经到了东京了，因为从那一回以后，我便觉得医学并非一件紧要事，凡是愚弱的国民，即使体格如何健全，如何茁壮，也只能做毫无意义的示众的材料和看客，病死多少是不必以为不幸的。所以我们的第一要著，是在改变他们的精神，而善于改变精神的是，我那时以为当然要推文艺，于是想提倡文艺运动了。在东京的留学生很有学法政理化以至警察工业的，但没有人治文学和美术；可是在冷淡的空气中，也幸而寻到几个同志了，此外又邀集了必须的几个人，商量之后，第一步当然是出杂志，名目是取“新的生命”的意思，因为我们那时大抵带些复古的倾向，所以只谓之《新生》。

《新生》的出版之期接近了，但最先就隐去了若干担当文字的人，接着又逃走了资本，结果只剩下不名一钱的三个人。创始时候既已背时，失败时候当然无可告语，而其后却连这三个人也都为各自的运命所驱策，不能在一处纵谈将来的好梦了，这就是我们的并未产生的《新生》的结局。

我感到未尝经验的无聊，是自此以后的事。我当初是不知其所以然的；后来想，凡有一人的主张，得了赞和，是促其前进的，得了反对，是促其奋斗的，独有叫喊于生人中，而生人并无反应，既非赞同，也无反对，如置身毫无边际的荒原，无可措手的了，这是怎样的悲哀呵，我于是以我所感到者为寂寞。

这寂寞又一天一天的长大起来，如大毒蛇，缠住了我的灵魂了。

然而我虽然自有无端的悲哀，却也并不愤懑，因为这经验使我反省，看见自己了：就是我决不是一个振臂一呼应者云集的英雄。

只是我自己的寂寞是不可不驱除的，因为这于我太痛苦。我于是用了种种法，来麻醉自己的灵魂，使我沉入于国民中，使我回到古代去，后来也亲历或旁观过几样更寂寞更悲哀的事，都为我所不愿追怀，甘心使他们和我的脑一同消灭在泥土里的，但我的麻醉法却也似乎已经奏了功，再没有青年时候的慷慨激昂的意思了。

S会馆里有三间屋，相传是往昔曾在院子里的槐树上缢死过一个女人的，现在槐树已经高不可攀了，而这屋还没有人住；许多年，我便寓在这屋里钞古碑。客中少有人来，古碑中也遇不到什么问题和主义，而我的生命却居然暗暗的消去了，这也就是我惟一的愿望。夏夜，蚊子多了，便摇着蒲扇坐在槐树下，从密叶缝里看那一点一点的青天，晚出的槐蚕又每每冰冷的落在头颈上。

那时偶或来谈的是一个老朋友金心异，将手提的大皮夹放在破桌上，脱下长衫，对面坐下了，因为怕狗，似乎心房还在怦怦的跳动。

“你钞了这些有什么用？”有一夜，他翻着我那古碑的钞本，发了研究的质问了。

“没有什么用。”

“那么，你钞他是什么意思呢？”

“没有什么意思。”

“我想，你可以做点文章……”

我懂得他的意思了，他们正办《新青年》，然而那时仿佛不特没有人来赞同，并且也还没有人来反对，我想，他们许是感到寂寞了，但是说：

“假如一间铁屋子，是绝无窗户而万难破毁的，里面有许多熟睡的人们，不久都要闷死了，然而是从昏睡入死灭，并不感到就死的悲哀。现在你大嚷起来，惊起了较为清醒的几个人，使这不幸的少数者来受无可挽救的临终的苦楚，你倒以为对得起他们么？”

“然而几个人既然起来，你不能说决没有毁坏这铁屋的希望。”

是的，我虽然自有我的确信，然而说到希望，却是不能抹杀的，因为希望是在于将来，决不能以我之必无的证明，来折服了他之所谓可有，于是我终于答应他也做文章了，这便是最初的一篇《狂人日记》。从此以后，便一发而不可收，每写些小说模样的文章，以敷衍朋友们的嘱托，积久就有了十余篇。

在我自己，本以为现在是已经并非一个切迫而不能已于言的人了，但或者也还未能忘怀于当日自己的寂寞的悲哀罢，所以有时候仍不免呐喊几声，聊以慰藉那在寂寞里奔驰的猛士，使他不惮于前驱。至于我的喊声是勇猛或是悲哀，是可憎或是可笑，那倒是不暇顾及的；但既然是呐喊，则当然须听将令的了，所以我往往不恤用了曲笔，在《药》的瑜儿的坟上平空添上一个花环，在《明天》里也不叙单四嫂子竟没有做到看见儿子的梦，因为那时的主将是不主张消极的。至于自己，却也并不愿将自以为苦的寂寞，再来传染给也如我那年青时候似的正做着好梦的青年。

这样说来，我的小说和艺术的距离之远，也就可想而知了，然而到今日还能蒙着小说的名，甚而至于且有成集的机会，无论如何总不能不说是一件侥幸的事，但侥幸虽使我不安于心，而悬揣人间暂时还有读者，则究竟也仍然是高兴的。

所以我竟将我的短篇小说结集起来，而且付印了，又因为上面所说的缘由，便称之为《呐喊》。

一九二二年十二月三日，鲁迅记于北京

本篇曾发表于1923年8月21日北京《晨报·文学旬刊》。

秋 夜

在我的后园，可以看见墙外有两株树，一株是枣树，还有一株也是枣树。

这上面的夜的天空，奇怪而高，我生平没有见过这样奇怪而高的天空。他仿佛要离开人间而去，使人们仰面不再看见。然而现在却非常之蓝，闪闪地映着几十个星星的眼，冷眼。他的口角上现出微笑，似乎自以为大有深意，而将繁霜洒在我的园里的野花草上。

我不知道那些花草真叫什么名字，人们叫他们什么名字。我记得有一种开过极细小的粉红花，现在还开着，但是更极细小了，她在冷的夜气中，瑟缩地做梦，梦见春的到来，梦见秋的到来，梦见瘦的诗人将眼泪擦在她最末的花瓣上，告诉她秋虽然来，冬虽然来，而此后接着还是春，蝴蝶乱飞，蜜蜂都唱起春词来了。她于是一笑，虽然颜色冻得红惨惨地，仍然瑟缩着。

枣树，他们简直落尽了叶子。先前，还有一两个孩子来打他们，别人打剩的枣子，现在是一个也不剩了，连叶子也落尽了。他知道小粉红花的梦，秋后要有春；他也知道落叶的梦，春后还是秋。他简直落尽叶子，单剩干子，然而脱了当初满树是果实和叶子时候的弧形，欠伸得很舒服。但是，有几枝还低亚着，护定他从打枣的竿梢所得的皮伤，而最直最长的几枝，却已默默地铁似的直刺着奇怪而高的天空，使天空闪闪地鬼睒眼；直刺着天空中圆满的月亮，使月亮窘得发白。

鬼睒眼的天空越加非常之蓝，不安了，仿佛想离去人间，避开枣树，只将月亮剩下。然而月亮也暗暗地躲到东边去了。而一无所有的干子，却仍然默默地铁似的直刺着奇怪而高的天空，一意要制他的死命，不管他各式各样地睒着许多蛊惑的眼睛。

哇的一声，夜游的恶鸟飞过了。

我忽而听到夜半的笑声，吃吃地，似乎不愿意惊动睡着的人，然而四围的空气都应和着笑。夜半，没有别的人，我即刻听出这声音就在我嘴里，我也即刻被这笑声所驱逐，回进自己的房。灯火的带子也即刻被我旋高了。

后窗的玻璃上丁丁地响，还有许多小飞虫乱撞。不多久，几个进来了，许是从窗纸的破孔进来的。他们一进来，又在玻璃的灯罩上撞得丁丁地响。一个从上面撞进去了，他于是遇到火，而且我以为这火是真的。两三个却休息在灯的纸罩上喘气。那罩是昨晚新换的罩，雪白的纸，折出波浪纹的叠痕，一角还画出一枝猩红色的栀子。

猩红的栀子开花时，枣树又要做小粉红花的梦，青葱地弯成弧形了……。我又听到夜半的笑声；我赶紧砍断我的心绪，看那老在白纸罩上的小青虫，头大尾小，向日葵子似的，只有半粒小麦那么大，遍身的颜色苍翠得可爱，可怜。

我打一个呵欠，点起一支纸烟，喷出烟来，对着灯默默地敬奠这些苍翠精致的英雄们。

一九二四年九月十五日

原载 1924 年 12 月 1 日《语丝》周刊第 3 期。

雪

暖国的雨，向来没有变过冰冷的坚硬的灿烂的雪花。博识的人们觉得他单调，他自己也以为不幸否耶？江南的雪，可是滋润美艳之至了；那是还在隐约着的青春的消息，是极壮健的处子的皮肤。雪野中有血红的宝珠山茶，白中隐青的单瓣梅花，深黄的磬口的腊梅花；雪下面还有冷绿的杂草。胡蝶确乎没有；蜜蜂是否来采山茶花和梅花的蜜，我可记不真切了。但我的眼前仿佛看见冬花开在雪野中，有许多蜜蜂们忙碌地飞着，也听得他们嗡嗡地闹着。

孩子们呵着冻得通红，像紫芽姜一般的小手，七八个一齐来塑雪罗汉。因为不成功，谁的父亲也来帮忙了。罗汉就塑得比孩子们高得多，虽然不过是上小下大的一堆，终于分不清是壶卢还是罗汉；然而很洁白，很明艳，以自身的滋润相粘结，整个地闪闪地生光。孩子们用龙眼核给他做眼珠，又从谁的母亲的脂粉奁中偷得胭脂来涂在嘴唇上。这回确是一个大阿罗汉了。他也就目光灼灼地嘴唇通红地坐在雪地里。

第二天还有几个孩子来访问他；对了他拍手，点头，嘻笑。但他终于独自坐着了。晴天又来消释他的皮肤，寒夜又使他结一层冰，化作不透明的水晶模样；连续的晴天又使他成为不知道算什么，而嘴上的胭脂也褪尽了。

但是，朔方的雪花在纷飞之后，却永远如粉，如沙，他们决不粘连，撒在屋上，地上，枯草上，就是这样。屋上的雪是早已就有消化了的，因为屋里居人的火的温热。别的，在晴天之下，旋风忽来，便蓬勃地奋飞，在日光中灿灿地生光，如包藏火焰的大雾，旋转而且升腾，弥漫太空，使太空旋转而且升腾地闪烁。

在无边的旷野上，在凛冽的天宇下，闪闪地旋转升腾着的是雨的精魂……

是的，那是孤独的雪，是死掉的雨，是雨的精魂。

一九二五年一月十八日

原载1925年1月26日《语丝》周刊第11期。

风 筝

北京的冬季，地上还有积雪，灰黑色的秃树枝丫叉于晴朗的天空中，而远处有一二风筝浮动，在我是一种惊异和悲哀。

故乡的风筝时节，是春二月，倘听到沙沙的风轮声，仰头便能看见一个淡墨色的蟹风筝或嫩蓝色的蜈蚣风筝。还有寂寞的瓦片风筝，没有风轮，又放得很低，伶仃地显出憔悴可怜的模样。但此时地上的杨柳已经发芽，早的山桃也多吐蕾，和孩子们的天上的点缀相照应，打成一片春日的温和。我现在在哪里呢？四面都还是严冬的肃杀，而久经诀别的故乡的久经逝去的春天，却就在这天空中荡漾了。

但我是向来不爱放风筝的，不但不爱，并且嫌恶他，因为我以为这是没出息孩子所做的玩艺。和我相反的是我的小兄弟，他那时大概十岁内外罢，多病，瘦得不堪，然而最喜欢风筝，自己买不起，我又不许放，他只得张着小嘴，呆看着空中出神，有时至于小半日。远处的蟹风筝突然落下来了，他惊呼；两个瓦片风筝的缠绕解开了，他高兴得跳跃。他的这些，在我看来都是笑柄，可鄙的。

有一天，我忽然想起，似乎多日不很看见他了，但记得曾见他在后园拾枯竹。我恍然大悟似的，便跑向少有人去的一间堆积杂物的小屋去，推开门，果然就在尘封的什物堆中发见了他。他向着大方凳，坐在小凳上；便很惊惶地站了起来，失了色瑟缩着。大方凳旁靠着一个胡蝶风筝的竹骨，还没有糊上纸，凳上是一对做眼睛用的小风轮，正用红纸条装饰着，将要完工了。我在破获秘密的满足中，又很愤怒他的瞒了我的眼睛，这样苦心孤诣地来偷做没出息孩子的玩艺。我即刻伸手抓断了胡蝶的一支翅骨，又将风轮掷在地下，踏扁了。论长幼，论力气，他是都敌不过我的，我当然得到完全的胜利，于是傲然走出，留他绝望地站在小屋里。后来他怎样，我不知道，也没有留心。

然而我的惩罚终于轮到了，在我们离别得很久之后，我已经是中年。我不幸偶而看了一本外国的讲论儿童的书，才知道游戏是儿童最正当的行为，玩具是儿童的天使。于是二十年来毫不忆及的幼小时候对于精神的虐杀的这一幕，忽地在眼前展开，而我的心也仿佛同时变了铅块，很重很重的堕下去了。

但心又不竟堕下去而至于断绝，他只是很重很重地堕着，堕着。

我也知道补过的方法的：送他风筝，赞成他放，劝他放，我和他一同放。我们嚷着，跑着，笑着。——然而他其时已经和我一样，早已有了胡子了。

我也知道还有一个补过的方法的：去讨他的宽恕，等他说，“我可是毫不怪你啊。”那么，我的心一定就轻松了，这确是一个可行的方法。有一回，我们会面的时候，是脸上都已添刻了许多“生”的辛苦的条纹，而我的心很沉重。我们渐渐谈起儿时的旧事来，我便叙述到这一节，自说少年时代的胡涂。“我可是毫不怪你啊。”我想，他要说了，我即刻便受了宽恕，我的心从此也宽松了吧。

“有过这样的事吗？”他惊异地笑着说，就像旁听着别人的故事一样。他什么也不记得了。

全然忘却，毫无怨恨，又有什么宽恕之可言呢？无怨的恕，说谎罢了。

我还能希求什么呢？我的心只得沉重着。

现在，故乡的春天又在这异地的空中了，既给我久经逝去的儿时的回忆，而一并也带着无可把握的悲哀。我倒不如躲到肃杀的严冬中去罢，——但是，四面又明明是严冬，正给我非常的寒威和冷气。

一九二五年一月二十四日

原载1925年2月2日《语丝》周刊第12期。

腊 叶

灯下看《雁门集》，忽然翻出一片压干的枫叶来。

这使我记起去年的深秋。繁霜夜降，木叶多半凋零，庭前的一株小小的枫树也变成红色了。我曾绕树徘徊，细看叶片的颜色，当他青葱的时候是从没有这么注意的。他也并非全树通红，最多的是浅绛，有几片则在绯红地上，还带着几团浓绿。一片独有一点蛀孔，镶着乌黑的花边，在红，黄和绿的斑驳中，明眸似的向人凝视。我自念：这是病叶呵！便将它摘了下来，夹在刚才买到的《雁门集》里。大概是愿使这将坠的被蚀而斑斓的颜色，暂得保存，不即与群叶一同飘散罢。

但今夜它却黄蜡似的躺在我的眼前，那眸子也不复似去年一般灼灼。假使再过几年，旧时的颜色在我记忆中消去，怕连我也不知道它何以夹在书里面的原因了。将坠的病叶的斑斓，似乎也只能在极短时中相对，更何况是葱郁的呢。看看窗外，很能耐寒的树木也早经秃尽了；枫树更何消说得。当深秋时，想来也许有和这去年的模样相似的病叶的罢，但可惜我今年竟没有赏玩秋树的余闲。

一九二五年十二月二十六日

《二十四孝图》

我总要上下四方寻求，得到一种最黑，最黑，最黑的咒文，先来诅咒一切反对白话，妨害白话者。即使人死了真有灵魂，因这最恶的心，应该堕入地狱，也将决不改悔，总要先来诅咒一切反对白话，妨害白话者。

自从所谓“文学革命”以来，供给孩子的书籍，和欧，美，日本的一比较，虽然很可怜，但总算有图可说，只要能读下去，就可以懂得的了。可是一般别有心肠的人们，便竭力来阻遏它，要使孩子的世界中，没有一丝乐趣。北京人常用“马虎子”这一句话来恐吓孩子们。或者说，那就是《开河记》上所载的，给隋炀帝开河，蒸死小儿的麻叔谋；正确地写起来，须是“麻胡子”。那么，这麻叔谋乃是胡人了。但无论他是什么人，他的吃小孩究竟也还有限，不过尽他的一生。妨害白话者的流毒却甚于洪水猛兽，非常广大，也非常长久，能使全中国化成一个麻胡，凡有孩子都死在他肚子里。

只要对于白话来加以谋害者，都应该灭亡！

这些话，绅士们自然难免要掩住耳朵的，因为就是所谓“跳到半天空，骂得体无完肤，——还不肯罢休。”而且文士们一定也要骂，以为大悖于“文格”，亦即大损于“人格”。岂不是“言者心声也”么？“文”和“人”当然是相关的，虽然人间世本来千奇百怪，教授们中也有“不尊敬”作者的人格而不能“不说他的小说好”的特别种族。但这些我都不管，因为我幸而还没有爬上“象牙之塔”去，正无须怎样小心。倘若无意中竟已撞上了，那就即刻跌下来罢。然而在跌下来的中途，当还未到地之前，还要说一遍：

只要对于白话来加以谋害者，都应该灭亡！

每看见小学生欢天喜地地看着一本粗拙的《儿童世界》之类，另想到别国的儿童用书的精美，自然要觉得中国儿童的可怜。但回忆起我和我的同窗小友的童年，却不能不以为他幸福，给我们的永逝的韶光一个悲哀的吊唁。我们那时有什么可看呢，只要略有图画的本子，就要被塾师，就是当时的“引导青年的前辈”禁止，呵斥，甚而至于打手心。我的小同学因为专读“人之初性本善”读得要枯燥而死了，只好偷偷地翻开第一页，看那题着“文星高照”四个字的恶鬼一般的魁星像，来满足他幼稚的爱美的天性。昨天看这个，今天也看这个，然而他们的眼睛里还闪出苏醒和欢喜的光辉来。

在书塾以外，禁令可比较的宽了，但这是说自己的事，各人大概不一样。我能在大众面前，冠冕堂皇地阅看的，是《文昌帝君阴骘文图说》和《玉历钞传》，都画着冥冥之中赏善罚恶的故事，雷公电母站在云中，牛头马面布满地下，不但“跳到半天空”是触犯天条的，即使半语不合，一念偶差，也都得受相当的报应。这所报的也并非“睚眦之怨”，因为那地方是鬼神为君，“公理”作宰，请酒下跪，全都无功，简直是无法可想。在中国的天地间，不但做人，便是做鬼，也艰难极了。然而究竟很有比阳间更好的处所：无所谓“绅士”，也没有“流言”。

阴间，倘要稳妥，是颂扬不得的。尤其是常常好弄笔墨的人，在现在的中国，流言的治下，而又大谈“言行一致”的时候。前车可鉴，听说阿尔志跋绥夫曾答一个少女的质问说，“惟有在人生的事实这本身中寻出欢喜者，可以活下去。倘若在那里什么也不见，他们其实倒不如死。”于是乎有一个叫作密哈罗夫的，寄信嘲骂他道，“……所以我完全诚实地劝你自杀来祸福你自己的生命，因为这第一是合于逻辑，第二是你的言语和行为不至于背驰。”

其实这论法就是谋杀，他就这样地在他的人生中寻出欢喜来。阿尔志跋绥夫只发了一大通牢骚，没有自杀。密哈罗夫先生后来不知道怎样，这一个欢喜失掉了，或者另外又寻到了“什么”了罢。诚然，“这些时候，勇敢，是安稳的；情热，是毫无危险的。”

然而，对于阴间，我终于已经颂扬过了，无法追改；虽有“言行不符”之嫌，但确没有受过阎王或小鬼的半文津贴，则差可以自解。总而言之，还是仍然写下去罢：

我所看的那些阴间的图画，都是家藏的老书，并非我所专有。我所收得的最先的画图本子，是一位长辈的赠品：《二十四孝图》。这虽然不过薄薄的一本书，但是下图上说，鬼少人多，又为我一人所独有，使我高兴极了。那里面的故事，似乎是谁都知道的；便是不识字的人，例如阿长，也只要一看图画便能够滔滔地讲出这一段的事迹。但是，我于高兴之余，接着就是扫兴，因为我请人讲完了二十四个故事之后，才知道“孝”有如此之难，对于先前痴心妄想，想做孝子的计划，完全绝望了。

“人之初，性本善”么？这并非要以加研究的问题。但我还依稀记得，我幼小时候实未尝蓄意忤逆，对于父母，倒是极愿意孝顺的。不过年幼无知，只用了私见来解释“孝顺”的做法，以为无非是“听话”，“从命”，以及长大之后，给年老的父母好好地吃饭罢了。自从得了这一本孝子的教科书以后，才知道并不然，而且还要难到几十几百倍。其中自然也有可以勉力仿效的，如“子路负米”“黄香扇枕”之类。“陆绩怀桔”也并不难，只要有阔人请我吃饭。“鲁迅先生作宾客而怀橘乎？”我便跪答云，“吾母性之所爱，欲归以遗母。”阔人大佩服，于是孝子就做稳了，也非常省事。“哭竹生笋”就可疑，怕我的精诚未必会这样感动天地。但是哭不出笋来，还不过抛脸而已，一到“卧冰求鲤”，可就有性命之虞了。我乡的天气是温和的，严冬中，水面也只结一层薄冰，即使孩子的重量怎样小，躺上去，也一定哗喇一声，冰破落水，鲤鱼还不及游过来。自然，必须不顾性命，这才孝感神明，会有出乎意料之外的奇迹，但那时我还小，实在不明白这些。

其中最使我不解，甚至于发生反感的，是“老莱娱亲”和“郭巨埋儿”两件事。

我至今还记得，一个躺在父母跟前的老头子，一个抱在母亲手上的小孩子，是怎样地使我发生不同的感想呵。他们一手都拿着“摇咕咚”。这玩意儿确是可爱的，北京称为小鼓，盖即鼗也，朱熹曰：“鼗，小鼓，两旁有耳；持其柄而摇之，则旁耳还自击，”咕咚咕咚地响起来。然而这东西是不该拿在老莱子手里的，他应该扶一枝拐杖。现在这模样，简直是装佯，侮辱了孩子。我没有再看第二回，一到这一页，便急速地翻过去了。

那时的《二十四孝图》，早已不知去向了，目下所有的只是一本日本小田海仙所画的本子，叙老莱子事云："行年七十，言不称老，常著五色斑斓之衣，为婴儿戏于亲侧。又常取水上堂，诈跌仆地，作婴儿啼，以娱亲意。"大约旧本也差不多，而招我反感的便是"诈跌"。无论忤逆，无论孝顺，小孩子多不愿意"诈"作，听故事也不喜欢是谣言，这是凡有稍稍留心儿童心理的都知道的。

然而在较古的书上一查，却还不至于如此虚伪。师觉授《孝子传》云，"老莱子……常着斑斓之衣，为亲取饮，上堂脚跌，恐伤父母之心，僵仆为婴儿啼。"（《太平御览》四百十三引）较之今说，似稍近于人情。不知怎地，后之君子却一定要改得他"诈"起来，心里才能舒服。邓伯道弃子救侄，想来也不过"弃"而已矣，昏妄人也必须说他将儿子捆在树上，使他追不上来才肯歇手。正如将"肉麻当作有趣"一般，以不情为伦纪，诬蔑了古人，教坏了后人。老莱子即是一例，道学先生以为他白璧无瑕时，他却已在孩子的心中死掉了。

至于玩着"摇咕咚"的郭巨的儿子，却实在值得同情。他被抱在他母亲的臂膊上，高高兴兴地笑着；他的父亲却正在掘窟窿，要将他埋掉了。说明云，"汉郭巨家贫，有子三岁，母尝减食与之。巨谓妻曰，贫乏不能供母，子又分母之食。盍埋此子？”但是刘向《孝子传》所说，却又有些不同：巨家是富的，他都给了两弟；孩子是才生的，并没有到三岁。结末又大略相像了，“及掘坑二尺，得黄金一釜，上云：天赐郭巨，官不得取，民不得夺！”

我最初实在替这孩子捏一把汗，待到掘出黄金一釜，这才觉得轻松。然而我已经不但自己不敢再想做孝子，并且怕我父亲去做孝子了。家景正在坏下去，常听到父母愁柴米；祖母又老了，倘使我的父亲竟学了郭巨，那么，该埋的不正是我么？如果一丝不走样，也掘出一釜黄金来，那自然是如天之福，但是，那时我虽然年纪小，似乎也明白天下未必有这样的巧事。

现在想起来，实在很觉得傻气。这是因为现在已经知道了这些老玩意，本来谁也不实行。整饬伦纪的文电是常有的，却很少见绅士赤条条地躺在冰上面，将军跳下汽车去负米。何况现在早长大了，看过几部古书，买过几本新书，什么《太平御览》咧，《古孝子传》咧，《人口问题》咧，《节制生育》咧，《二十世纪是儿童的世界》咧，可以抵抗被埋的理由多得很。不过彼一时，此一时，彼时我委实有点害怕：掘好深坑，不见黄金，连“摇咕咚”一同埋下去，盖上土，踏得实实的，又有什么法子可想呢。我想，事情虽然未必实现，但我从此总怕听到我的父母愁穷，怕看见我的白发的祖母，总觉得她是和我不两立，至少，也是一个和我的生命有些妨碍的人。后来这印象日见其淡了，但总有一些留遗，一直到她去世——这大概是送给《二十四孝图》的儒者所万料不到的罢。

五月十日

原载 1926 年 5 月 25 日《莽原》半月刊第 1 卷第 10 期。

从百草园到三味书屋

我家的后面有一个很大的园，相传叫作百草园。现在是早已并屋子一起卖给朱文公的子孙了，连那最末次的相见也已经隔了七八年，其中似乎确凿只有一些野草；但那时却是我的乐园。

不必说碧绿的菜畦，光滑的石井栏，高大的皂荚树，紫红的桑椹；也不必说鸣蝉在树叶里长吟，肥胖的黄蜂伏在菜花上，轻捷的叫天子（云雀）忽然从草间直窜向云霄里去了。单是周围的短短的泥墙根一带，就有无限趣味。油蛉在这里低唱，蟋蟀们在这里弹琴。翻开断砖来，有时会遇见蜈蚣；还有斑蝥，倘若用手指按住它的脊梁，便会拍的一声，从后窍喷出一阵烟雾。何首乌藤和木莲藤缠络着，木莲有莲房一般的果实，何首乌有拥肿的根。有人说，何首乌根是有像人形的，吃了便可以成仙，我于是常常拔它起来，牵连不断地拔起来，也曾因此弄坏了泥墙，却从来没有见过有一块根像人样。如果不怕刺，还可以摘到覆盆子，像小珊瑚珠攒成的小球，又酸又甜，色味都比桑椹要好得远。

长的草里是不去的，因为相传这园里有一条很大的赤练蛇。

长妈妈曾经讲给我一个故事听：先前，有一个读书人住在古庙里用功，晚间，在院子里纳凉的时候，突然听到有人在叫他。答应着，四面看时，却见一个美女的脸露在墙头上，向他一笑，隐去了。他很高兴；但竟给那走来夜谈的老和尚识破了机关。说他脸上有些妖气，一定遇见“美女蛇”了；这是人首蛇身的怪物，能唤人名，倘一答应，夜间便要来吃这人的肉的。他自然吓得要死，而那老和尚却道无妨，给他一个小盒子，说只要放在枕边，便可高枕而卧。他虽然照样办，却总是睡不着，——当然睡不着的。到半夜，果然来了，沙沙沙！门外像是风雨声。他正抖作一团时，却听得豁的一声，一道金光从枕边飞出，外面便什么声音也没有了，那金光也就飞回来，敛在盒子里。后来呢？后来，老和尚说，这是飞蜈蚣，它能吸蛇的脑髓，美女蛇就被它治死了。

结末的教训是：所以倘有陌生的声音叫你的名字，你万万不可答应他。

这故事很使我觉得做人之险，夏夜乘凉，往往有些担心，不敢去看墙上，而且极想得到一盒老和尚那样的飞蜈蚣。走到百草园的草丛旁边时，也常常这样想。但直到现在，总还没有得到，但也没有遇见过赤练蛇和美女蛇。叫我名字的陌生声音自然是常有的，然而都不是美女蛇。

冬天的百草园比较的无味；雪一下，可就两样了。拍雪人（将自己的全形印在雪上）和塑雪罗汉需要人们鉴赏，这是荒园，人迹罕至，所以不相宜，只好来捕鸟。薄薄的雪，是不行的；总须积雪盖了地面一两天，鸟雀们久已无处觅食的时候才好。扫开一块雪，露出地面，用一支短棒支起一面大的竹筛来，下面撒些秕谷，棒上系一条长绳，人远远地牵着，看鸟雀下来啄食，走到竹筛底下的时候，将绳子一拉，便罩住了。但所得的是麻雀居多，也有白颊的“张飞鸟”，性子很躁，养不过夜的。

这是闰土的父亲所传授的方法，我却不大能用。明明见它们进去了，拉了绳，跑去一看，却什么都没有，费了半天力，捉住的不过三四只。闰土的父亲是小半天便能捕获几十只，装在叉袋里叫着撞着的。我曾经问他得失的缘由，他只静静地笑道：你太性急，来不及等它走到中间去。

我不知道为什么家里的人要将我送进书塾里去了，而且还是全城中称为最严厉的书塾。也许是因为拔何首乌毁了泥墙罢，也许是因为将砖头抛到间壁的梁家去了罢，也许是因为站在石井栏上跳了下来罢，……都无从知道。总而言之：我将不能常到百草园了。Ade，我的蟋蟀们！Ade，我的覆盆子们和木莲们！……

出门向东，不上半里，走过一道石桥，便是我先生的家了。从一扇黑油的竹门进去，第三间是书房。中间挂着一块匾道：三味书屋；匾下面是一幅画，画着一只很肥大的梅花鹿伏在古树下。没有孔子牌位，我们便对着那匾和鹿行礼。第一次算是拜孔子，第二次算是拜先生。

第二次行礼时，先生便和蔼地在一旁答礼。他是一个高而瘦的老人，须发都花白了，还戴着大眼镜。我对他很恭敬，因为我早听到，他是本城中极方正，质朴，博学的人。

不知从那里听来的，东方朔也很渊博，他认识一种虫，名曰"怪哉"，冤气所化，用酒一浇，就消释了。我很想详细地知道这故事，但阿长是不知道的，因为她毕竟不渊博。现在得到机会了，可以问先生。

"先生，'怪哉'这虫，是怎么一回事？……"我上了生书，将要退下来的时候，赶忙问。

"不知道！"他似乎很不高兴，脸上还有怒色了。

我才知道做学生是不应该问这些事的，只要读书，因为他是渊博的宿儒，决不至于不知道，所谓不知道者，乃是不愿意说。年纪比我大的人，往往如此，我遇见过好几回了。

我就只读书，正午习字，晚上对课。先生最初这几天对我很严厉，后来却好起来了，不过给我读的书渐渐加多，对课也渐渐地加上字去，从三言到五言，终于到七言了。

三味书屋后面也有一个园，虽然小，但在那里也可以爬上花坛去折腊梅花，在地上或桂花树上寻蝉蜕。最好的工作是捉了苍蝇喂蚂蚁，静悄悄地没有声音。然而同窗们到园里的太多，太久，可就不行了，先生在书房里便大叫起来：

“人都到那里去了？！”

人们便一个一个陆续走回去；一同回去，也不行的。他有一条戒尺，但是不常用，也有罚跪的规则，但也不常用，普通总不过瞪几眼，大声道：

“读书！”

大家放开喉咙读一阵书，真是人声鼎沸。有念“仁远乎哉我欲仁斯仁至矣”的，有念“笑人齿缺曰狗窦大开”的，有念“上九潜龙勿用”的，有念“厥土下上上错厥贡苞茅橘柚”的……。先生自己也念书。后来，我们的声音便低下去，静下去了，只有他还大声朗读着：

“铁如意，指挥倜傥，一坐皆惊呢～～；金叵罗，颠倒淋漓噫，千杯未醉嗬～～……。”

我疑心这是极好的文章，因为读到这里，他总是微笑起来，而且将头仰起，摇着，向后面拗过去，拗过去。

先生读书入神的时候，于我们是很相宜的。有几个便用纸糊的盔甲套在指甲上做戏。我是画画儿，用一种叫作“荆川纸”的，蒙在小说的绣像上一个个描下来，像习字时候的影写一样。读的书多起来，画的画也多起来；书没有读成，画的成绩却不少了，最成片段的是《荡寇志》和《西游记》的绣像，都有一大本。后来，为要钱用，卖给了一个有钱的同窗了。他的父亲是开锡箔店的；听说现在自己已经做了店主，而且快要升到绅士的地位了。这东西早已没有了吧。

一九二六年九月十八日

原载1926年10月10日《莽原》半月刊第1卷第19期。

父亲的病

大约十多年前罢，S 城中曾经盛传过一个名医的故事：

他出诊原来是一元四角，特拔十元，深夜加倍，出城又加倍。有一夜，一家城外人家的闺女生急病，来请他了，因为他其时已经阔得不耐烦，便非一百元不去。他们只得都依他。待去时，却只是草草地一看，说道“不要紧的”，开一张方，拿了一百元就走。那病家似乎很有钱，第二天又来请了。他一到门，只见主人笑面承迎，道，“昨晚服了先生的药，好得多了，所以再请你来复诊一回。”仍旧引到房里，老妈子便将病人的手拉出帐外来。他一按，冷冰冰的，也没有脉，于是点点头道，“唔，这病我明白了。”从从容容走到桌前，取了药方纸，提笔写道：

“凭票付英洋壹百元正。”下面是署名，画押。

“先生，这病看来很不轻了，用药怕还得重一点罢。”主人在背后说。

“可以。”他说。于是另开了一张方：

“凭票付英洋贰百元正。”下面仍是署名，画押。

这样，主人就收了药方，很客气地送他出来了。

我曾经和这名医周旋过两整年，因为他隔日一回，来诊我的父亲的病。那时他虽然已经很有名，但还不至于阔得这样不耐烦，可是诊金却已经是一元四角。现在的都市上，诊金一次十元并不算奇，可是那时是一元四角已是巨款，很不容易张罗的了，又何况是隔日一次。他大概的确有些特别，据舆论说，用药就与众不同。我不知道药品，所觉得的，就是“药引”的难得，新方一换，就得忙一大场。先买药，再寻药引。“生姜”两片，竹叶十片去尖，他是不用的了。起码是芦根，须到河边去掘；一到经霜三年的甘蔗，便至少也得搜寻两三天。可是说也奇怪，大约后来总没有购求不到的。

据舆论说，神妙就在这地方。先前有一个病人，百药无效；待到遇见了什么叶天士先生，只在旧方上加了一味药引：梧桐叶。只一服，便霍然而愈了。“医者，意也。”其时是秋天，而梧桐先知秋气。其先百药不投，今以秋气动之，以气感气，所以……。我虽然并不了然，但也十分佩服，知道凡有灵药，一定是很不容易得到的，求仙的人，甚至于还要拼了性命，跑进深山里去采呢。

这样有两年，渐渐地熟识，几乎是朋友了。父亲的水肿是逐日利害，将要不能起床；我对于经霜三年的甘蔗之流也逐渐失了信仰，采办药引似乎再没有先前一般踊跃了。正在这时候，他有一天来诊，问过病状，便极其诚恳地说：

"我所有的学问，都用尽了。这里还有一位陈莲河先生，本领比我高。我荐他来看一看，我可以写一封信。可是，病是不要紧的，不过经他的手，可以格外好得快……。"

这一天似乎大家都有些不欢，仍然由我恭敬地送他上轿。进来时，看见父亲的脸色很异样，和大家谈论，大意是说自己的病大概没有希望的了。他因为看了两年，毫无效验，脸又太熟了，未免有些难以为情，所以等到危急时候，便荐一个生手自代，和自己完全脱了干系。但另外有什么法子呢？本城的名医，除他之外，实在也只有一个陈莲河了。明天就请陈莲河。

陈莲河的诊金也是一元四角。但前回的名医的脸是圆而胖的，他却长而胖了：这一点颇不同。还有用药也不同，前回的名医是一个人还可以办的，这一回却是一个人有些办不妥帖了，因为他一张药方上，总兼有一种特别的丸散和一种奇特的药引。

芦根和经霜三年的甘蔗，他就从来没有用过。最平常的是"蟋蟀一对"，旁注小字道："要原配，即本在一窠中者。"似乎昆虫也要贞节，续弦或再醮，连做药资格也丧失了。但这差使在我并不为难，走进百草园，十对也容易得，将它们用线一缚，活活地掷入沸汤中完事。然而还有"平地十株"呢，这可谁也不知道是什么东西了，问药店，问乡下人，问卖草药的，问老年人，问读书人，问木匠，都只是摇摇头。临末才记起了那远房的叔祖，爱种一点花木的老人，跑去一问，他果然知道。是生在山中树下的一种小树，能结红子如小珊瑚珠的，普通都称为“老弗大”。

“踏破铁鞋无觅处，得来全不费功夫。”药引寻到了，然而还有一种特别的丸药：败鼓皮丸。这“败鼓皮丸”就是用打破的旧鼓皮做成；水肿一名鼓胀，一用打破的鼓皮自然就可以克伏他。清朝的刚毅因为憎恨“洋鬼子”，预备打他们，练了些兵称作“虎神营”，取虎能食羊，神能伏鬼的意思，也就是这道理。可惜这一种神药，全城中只有一家出售的，离我家就有五里，但这却不像平地木那样，必须暗中摸索了，陈莲河先生开方之后，就恳切详细地给我们说明。

“我有一种丹，”有一回陈莲河先生说，“点在舌上，我想一定可以见效。因为舌乃心之灵苗……。价钱也并不贵，只要两块钱一盒……。”

我父亲沉思了一会，摇摇头。

“我这样用药还会不大见效，”有一回陈莲河先生又说，“我想，可以请人看一看，可有什么冤愆……。医能医病，不能医命，对不对？自然，这也许是前世的事……。”

我的父亲沉思了一会，摇摇头。

凡国手，都能够起死回生的，我们走过医生的门前，常可以看见这样的扁额。现在是让步一点了，连医生自己也说道："西医长于外科，中医长于内科。"但是S城那时不但没有西医，并且谁也还没有想到天下有所谓西医，因此无论什么，都只能由轩辕岐伯的嫡派门徒包办。轩辕时候是巫医不分的，所以直到现在，他的门徒就还见鬼，而且觉得"舌乃心之灵苗"。这就是中国人的"命"，连名医也无从医治的。

不肯用灵丹点在舌头上，又想不出"冤愆"来，自然，单吃了一百多天的"败鼓皮丸"有什么用呢？依然打不破水肿，父亲终于躺在床上喘气了。还请一回陈莲河先生，这回是特拔，大洋十元。他仍旧泰然的开了一张方，但已停止败鼓皮丸不用，药引也不很神妙了，所以只消半天，药就煎好。灌下去，却从口角上回了出来。

从此我便不再和陈莲河先生周旋，只在街上有时看见他坐在三名轿夫的快轿里飞一般抬过；听说他现在还康健，一面行医，一面还做中医什么学报，正在和只长于外科的西医奋斗哩。

中西的思想确乎有一点不同。听说中国的孝子们，一到将要"罪孽深重祸延父母"的时候，就买几斤人参，煎汤灌下去，希望父母多喘几天气，即使半天也好。我的一位教医学的先生却教给我医生的职务道：可医的应该给他医治，不可医的应该给他死得没有痛苦。——但这先生自然是西医。

父亲的喘气颇长久，连我也听得很吃力，然而谁也不能帮助他。我有时竟至于电光一闪似的想到：“还是快一点喘完了罢……。”立刻觉得这思想就不该，就是犯了罪；但同时又觉得这思想实在是正当的，我很爱我的父亲。便是现在，也还是这样想。

早晨，住在一门里的衍太太进来了。她是一个精通礼节的妇人，说我们不应该空等着。于是给他换衣服，又将纸锭和一种什么《高王经》烧成灰，用纸包了给他捏在拳头里……。

“叫呀，你父亲要断气了。快叫呀！”衍太太说。

“父亲！父亲！”我就叫起来。

“大声！他听不见。还不快叫？！”

“父亲！！！父亲！！！”

他已经平静下去的脸，忽然紧张了，将眼微微一睁，仿佛有一些苦痛。

“叫呀！快叫呀！”她催促说。

“父亲！！！”

“什么呢？……不要嚷。……不……。”他低低地说，又较急地喘着气，好一会，这才复了原状，平静下去了。

“父亲！！！”我还叫他，一直到他咽了气。

我现在还听到那时的自己的这声音，每听到时，就觉得这却是我对于父亲的最大的错处。

一九二六年十月七日

原载1926年11月10日《莽原》半月刊第1卷第21期。

琐记

衍太太现在是早已经做了祖母，也许竟做了曾祖母了；那时却还年轻，只有一个儿子比我大三四岁。她对自己的儿子虽然狠，对别家的孩子却好的，无论闹出什么乱子来，也决不去告诉各人的父母，因此我们就最愿意在她家里或她家的四近玩。

举一个例说罢，冬天，水缸里结了薄冰的时候，我们大清早起一看见，便吃冰。有一回给沈四太太看到了，大声说道："莫吃呀，要肚子疼的呢！"这声音又给我母亲听到了，跑出来我们都挨了一顿骂，并且有大半天不准玩。我们推论祸首，认定是沈四太太，于是提起她就不用尊称了，给她另外起了一个绰号，叫作"肚子疼"。

衍太太却决不如此。假如她看见我们吃冰，一定和蔼地笑着说，"好，再吃一块。我记着，看谁吃的多。"

但我对于她也有不满足的地方。一回是很早的时候了，我还很小，偶然走进她家去，她正在和她的男人看书。我走近去，她便将书塞在我的眼前道，"你看，你知道这是什么？"我看那书上画着房屋，有两个人光着身子仿佛在打架，但又不很像。正迟疑间，他们便大笑起来了。这使我很不高兴，似乎受了一个极大的侮辱，不到那里去大约有十多天。一回是我已经十多岁了，和几个孩子比赛打旋子，看谁旋得多。她就从旁计着数，说道，“好，八十二个了！再旋一个，八十三！好，八十四！……”但正在旋着的阿祥，忽然跌倒了，阿祥的婶母也恰恰走进来。她便接着说道，“你看，不是跌了么？不听我的话。我叫你不要旋，不要旋……。”

虽然如此，孩子们总还喜欢到她那里去。假如头上碰得肿了一大块的时候，去寻母亲去罢，好的是骂一通，再给擦一点药；坏的是没有药擦，还添几个栗凿和一通骂。衍太太却决不埋怨，立刻给你用烧酒调了水粉，搽在疙瘩上，说这不但止痛，将来还没有瘢痕。

父亲故去之后，我也还常到她家里去，不过已不是和孩子们玩耍了，却是和衍太太或她的男人谈闲天。我其实觉得很有许多东西要买，看的和吃的，只是没有钱。有一天谈到这里，她便说道，“母亲的钱，你拿来用就是了，还不就是你的么？”我说母亲没有钱，她就说可以拿首饰去变卖；我说没有首饰，她却道，“也许你没有留心。到大厨的抽屉里，角角落落去寻去，总可以寻出一点珠子这类东西……。”

这些话我听去似乎很异样，便又不到她那里去了，但有时又真想去打开大厨，细细地寻一寻。大约此后不到一月，就听到一种流言，说我已经偷了家里的东西去变卖了，这实在使我觉得有如掉在冷水里。流言的来源，我是明白的，倘是现在，只要有地方发表，我总要骂出流言家的狐狸尾巴来，但那时太年轻，一遇流言，便连自己也仿佛觉得真是犯了罪，怕遇见人们的眼睛，怕受到母亲的爱抚。

好。那么，走罢！

但是，那里去呢？S城人的脸早经看熟，如此而已，连心肝也似乎有些了然。总得寻别一类人们去，去寻为S城人所诟病的人们，无论其为畜生或魔鬼。那时为全城所笑骂的是一个开得不久的学校，叫作中西学堂，汉文之外，又教些洋文和算学。然而已经成为众矢之的了；熟读圣贤书的秀才们，还集了《四书》的句子，做一篇八股来嘲诮它，这名文便即传遍了全城，人人当作有趣的话柄。我只记得那“起讲”的开头是：

“徐子以告夷子曰：吾闻用夏变夷者，未闻变于夷者也。今也不然：鴂舌之音，闻其声，皆雅言也。……”

以后可忘却了，大概也和现今的国粹保存大家的议论差不多。但我对于这中西学堂，却也不满足，因为那里面只教汉文、算学、英文和法文。功课较为别致的，还有杭州的求是书院，然而学费贵。

无须学费的学校在南京，自然只好往南京去。第一个进去的学校，目下不知道称为什么了，光复以后，似乎有一时称为雷电学堂，很象《封神榜》上“太极阵”“混元阵”一类的名目。总之，一进仪凤门，便可以看见它那二十丈高的桅杆和不知多高的烟通。功课也简单，一星期中，几乎四整天是英文：“It is a cat.”“Is it a rat？”一整天是读汉文：“君子曰，颍考叔可谓纯孝也已矣，爱其母，施及庄公。”一整天是做汉文：《知己知彼百战百胜论》，《颍考叔论》，《云从龙风从虎论》，《咬得菜根则百事可做论》。

初进去当然只能做三班生，卧室里是一桌一凳一床，床板只有两块。头二班学生就不同了，二桌二凳或三凳一床，床板多至三块。不但上讲堂时挟着一堆厚而且大的洋书，气昂昂地走着，决非只有一本“泼赖妈”和四本《左传》的三班生所敢正视；便是空着手，也一定将肘弯撑开，像一只螃蟹，低一班的在后面总不能走出他之前。这一种螃蟹式的名公巨卿，现在都阔别得很久了，前四五年，竟在教育部的破脚躺椅上，发现了这姿势，然而这位老爷却并非雷电学堂出身的，可见螃蟹态度，在中国也颇普遍。

可爱的是桅杆。但并非如“东邻”的“支那通”所说，因为它“挺然翘然”，又是什么的象征。乃是因为它高，乌鸦喜鹊，都只能停在它的半途的木盘上。人如果爬到顶，便可以近看狮子山，远眺莫愁湖，——但究竟是否真可以眺得那么远，我现在可委实有点记不清楚了。而且不危险，下面张着网，即使跌下来，也不过如一条小鱼落在网子里；况且自从张网以后，听说也还没有人曾经跌下来。

原先还有一个池，给学生学游泳的，这里面却淹死了两个年幼的学生。当我进去时，早填平了，不但填平，上面还造了一所小小的关帝庙。庙旁是一座焚化字纸的砖炉，炉口上方横写着四个大字道："敬惜字纸"。只可惜那两个淹死鬼失了池子，难讨替代，总在左近徘徊，虽然已有"伏魔大帝关圣帝君"镇压着。办学的人大概是好心肠的，所以每年七月十五，总请一群和尚到雨天操场来放焰口，一个红鼻而胖的大和尚戴上毗卢帽，捏诀，念咒："回资罗，普弥耶吽，唵耶吽！唵！耶！吽！！！"

我的前辈同学被关圣帝君镇压了一整年，就只在这时候得到一点好处，——虽然我并不深知是怎样的好处。所以当这些时，我每每想：做学生总得自己小心些。

总觉得不大合适，可是无法形容出这不合适来。现在是发现了大致相近的字眼了，"乌烟瘴气"，庶几乎其可也。只得走开。近来是单是走开也就不容易，"正人君子"者流会说你骂人骂到聘书，或者是发"名士"脾气，给你几句正经的俏皮话。不过那时还不打紧，学生所得的津贴，第一年不过二两银子，最初三个月的试习期内是零用五百文。于是毫无问题，去考矿路学堂去了，也许是矿路学堂，已经有些记不真，文凭又不在手头，更无从查考。试验并不难，录取的。

这回不是 It is a cat 了，是 Der Mann，Dae Weib，Das kind。汉文仍旧是“颍考叔可谓纯孝也已矣”，但外加《小学集注》。论文题目也小有不同，譬如《工欲善其事必先利其器论》，是先前没有做过的。

此外还有所谓格致，地学，金石学，……都非常新鲜。但是还得声明：后两项，就是现在之所谓地质学和矿物学，并非讲舆地和钟鼎碑版的。只是画铁轨横断面图却有些麻烦，平行线尤其讨厌。但第二年的总办是一个新党，他坐在马车上的时候大抵看着《时务报》，考汉文也自己出题目，和教员出的很不同。有一次是《华盛顿论》，汉文教员反而惴惴地来问我们道：“华盛顿是什么东西呀？……”

看新书的风气便流行起来，我也知道了中国有一部书叫《天演论》。星期日跑到城南去买了来，白纸石印的一厚本，价五百文正。翻开一看，是写得很好的字，开首便道：

“赫胥黎独处一室之中，在英伦之南，背山而面野，槛外诸境，历历如在机下。乃悬想二千年前，当罗马大将恺撒未到时，此间有何景物？惟有天造草昧……”

哦，原来世界上竟还有一个赫胥黎坐在书房里那么想，而且想得那么新鲜？一口气读下去，“物竞”“天择”也出来了，苏格拉底，柏拉图也出来了，斯多噶也出来了。学堂里又设立了一个阅报处，《时务报》不待言，还有《译学汇编》，那书面上的张廉卿一流的四个字，就蓝得很可爱。

“你这孩子有点不对了，拿这篇文章去看去，抄下来去看去。”一位本家的老辈严肃地对我说，而且递过一张报纸来。接来看时，“臣许应骙跪奏……”，那文章现在是一句也不记得了，总之是参康有为变法的，也不记得可曾抄了没有。

仍然自己不觉得有什么“不对”，一有闲空，就照例地吃侉饼，花生米，辣椒，看《天演论》。

但我们也曾经有过一个很不平安的时期。那是第二年，听说学校就要裁撤了。这也无怪，这学堂的设立，原是因为两江总督（大约是刘坤一罢）听到青龙山的煤矿出息好，所以开手的。待到开学时，煤矿那面却已将原先的技师辞退，换了一个不甚了然的人了。理由是：一、先前的技师薪水太贵；二、他们觉得开煤矿并不难。于是不到一年，就连煤在那里也不甚了然起来，终于是所得的煤，只能供烧那两架抽水机之用，就是抽了水掘煤，掘出煤来抽水，结一笔出入两清的账。既然开矿无利，矿路学堂自然也就无须乎开了，但是不知怎的，却又并不裁撤。到第三年我们下矿洞去看的时候，情形实在颇凄凉，抽水机当然还在转动，矿洞里积水却有半尺深，上面也点滴而下，几个矿工便在这里面鬼一般工作着。

毕业，自然大家都盼望的，但一到毕业，却又有些爽然若失。爬了几次桅，不消说不配做半个水兵；听了几年讲，下了几回矿洞，就能掘出金银铜铁锡来么？实在连自己也茫无把握，没有做《工欲善其事必先利其器论》的那么容易。爬上天空二十丈和钻下地面二十丈，结果还是一无所能，学问是“上穷碧落下黄泉，两处茫茫皆不见”了。所余的还只有一条路：到外国去。

留学的事，官僚也许可了，派定五名到日本去。其中的一个因为祖母哭得死去活来，不去了，只剩了四个。日本是同中国很两样的，我们应该如何准备呢？有一个前辈同学在，比我们早一年毕业，曾经游历过日本，应该知道些情形。跑去请教之后，他郑重地说：

“日本的袜是万不能穿的，要多带些中国袜。我看纸票也不好，你们带去的钱不如都换了他们的现银。”

四个人都说遵命。别人不知其详，我是将钱都在上海换了日本的银元，还带了十双中国袜——白袜。

后来呢？后来，要穿制服和皮鞋，中国袜完全无用；一元的银圆日本早已废置不用了，又赔钱换了半元的银圆和纸票。

十月八日

原载 1926 年 11 月 25 日《莽原》第 1 卷第 22 期。

藤野先生

东京也无非是这样。上野的樱花烂熳的时节，望去确也像绯红的轻云，但花下也缺不了成群结队的“清国留学生”的速成班，头顶上盘着大辫子，顶得学生制帽的顶上高高耸起，形成一座富士山。也有解散辫子，盘得平的，除下帽来，油光可鉴，宛如小姑娘的发髻一般，还要将脖子扭几扭。实在标致极了。

中国留学生会馆的门房里有几本书卖，有时还值得去转一转；倘在上午，里面的几间洋房里倒也还可以坐坐的。但到傍晚，有一间的地板便常不免要咚咚咚地响得震天，兼以满房烟尘斗乱；问问精通时事的人，答道，“那是在学跳舞。”

到别的地方去看看，如何呢?

我就往仙台的医学专门学校去。从东京出发，不久便到一处驿站，写道：日暮里。不知怎地，我到现在还记得这名目。其次却只记得水户了，这是明的遗民朱舜水先生客死的地方。仙台是一个市镇，并不大；冬天冷得利害；还没有中国的学生。

大概是物以希为贵罢。北京的白菜运往浙江，便用红头绳系住菜根，倒挂在水果店头，尊为“胶菜”；福建野生着的芦荟，一到北京就请进温室，且美其名曰“龙舌兰”。我到仙台也颇受了这样的优待，不但学校不收学费，几个职员还为我的食宿操心。我先是住在监狱旁边一个客店里的，初冬已经颇冷，蚊子却还多，后来用被盖了全身，用衣服包了头脸，只留两个鼻孔出气。在这呼吸不息的地方，蚊子竟无从插嘴，居然睡安稳了。饭食也不坏。但一位先生却以为这客店也包办囚人的饭食，我住在那里不相宜，几次三番，几次三番地说。我虽然觉得客店兼办囚人的饭食和我不相干，然而好意难却，也只得别寻相宜的住处了。于是搬到别一家，离监狱也很远，可惜每天总要喝难以下咽的芋梗汤。

从此就看见许多陌生的先生，听到许多新鲜的讲义。解剖学是两个教授分任的。最初是骨学。其时进来的是一个黑瘦的先生，八字须，戴着眼镜，挟着一叠大大小小的书。一将书放在讲台上，便用了缓慢而很有顿挫的声调，向学生介绍自己道：

“我就是叫作藤野严九郎的……。”

后面有几个人笑起来了。他接着便讲述解剖学在日本发达的历史，那些大大小小的书，便是从最初到现今关于这一门学问的著作。起初有几本是线装的；还有翻刻中国译本的，他们的翻译和研究新的医学，并不比中国早。

那坐在后面发笑的是上学年不及格的留级学生，在校已经一年，掌故颇为熟悉的了。他们便给新生讲演每个教授的历史。这藤野先生，据说是穿衣服太模胡了，有时竟会忘记带领结；冬天是一件旧外套，寒颤颤的，有一回上火车去，致使管车的疑心他是扒手，叫车里的客人大家小心些。

他们的话大概是真的，我就亲见他有一次上讲堂没有带领结。

过了一星期，大约是星期六，他使助手来叫我了。到得研究室，见他坐在人骨和许多单独的头骨中间，——他其时正在研究着头骨，后来有一篇论文在本校的杂志上发表出来。

“我的讲义，你能抄下来么？”他问。

“可以抄一点。”

“拿来我看！”

我交出所抄的讲义去，他收下了，第二三天便还我，并且说，此后每一星期要送给他看一回。我拿下来打开看时，很吃了一惊，同时也感到一种不安和感激。原来我的讲义已经从头到末，都用红笔添改过了，不但增加了许多脱漏的地方，连文法的错误，也都一一订正。这样一直继续到教完了他所担任的功课：骨学、血管学、神经学。

可惜我那时太不用功，有时也很任性。还记得有一回藤野先生将我叫到他的研究室里去，翻出我那讲义上的一个图来，是下臂的血管，指着，向我和蔼的说道：

“你看，你将这条血管移了一点位置了。——自然，这样一移，的确比较的好看些，然而解剖图不是美术，实物是那么样的，我们没法改换它。现在我给你改好了，以后你要全照着黑板上那样的画。”

但是我还不服气，口头答应着，心里却想道：

“图还是我画的不错；至于实在的情形，我心里自然记得的。”

学年试验完毕之后，我便到东京玩了一夏天，秋初再回学校，成绩早已发表了，同学一百余人之中，我在中间，不过是没有落第。这回藤野先生所担任的功课，是解剖实习和局部解剖学。

解剖实习了大概一星期，他又叫我去了，很高兴地，仍用了极有抑扬的声调对我说道：

“我因为听说中国人是很敬重鬼的，所以很担心，怕你不肯解剖尸体。现在总算放心了，没有这回事。”

但他也偶有使我很为难的时候。他听说中国的女人是裹脚的，但不知道详细，所以要问我怎么裹法，足骨变成怎样的畸形，还叹息道，“总要看一看才知道。究竟是怎么一回事呢？”

有一天，本级的学生会干事到我寓里来了，要借我的讲义看。我检出来交给他们，却只翻检了一通，并没有带走。但他们一走，邮差就送到一封很厚的信，拆开看时，第一句是：

“你改悔罢！”

这是《新约》上的句子罢，但经托尔斯泰新近引用过的。其时正值日俄战争，托老先生便写了一封给俄国和日本的皇帝的信，开首便是这一句。日本报纸上很斥责他的不逊，爱国青年也愤然，然而暗地里却早受了他的影响了。其次的话，大略是说上年解剖学试验的题目，是藤野先生在讲义上做了记号，我预先知道的，所以能有这样的成绩。末尾是匿名。

我这才回忆到前几天的一件事。因为要开同级会，干事便在黑板上写广告，末一句是“请全数到会勿漏为要”，而且在“漏”字旁边加了一个圈。我当时虽然觉到圈得可笑，但是毫不介意，这回才悟出那字也在讥刺我了，犹言我得了教员漏泄出来的题目。

我便将这事告知了藤野先生；有几个和我熟识的同学也很不平，一同去诘责干事托辞检查的无礼，并且要求他们将检查的结果，发表出来。终于这流言消灭了，干事却又竭力运动，要收回那一封匿名信去。结末是我便将这托尔斯泰式的信退还了他们。

中国是弱国，所以中国人当然是低能儿，分数在六十分以上，便不是自己的能力了：也无怪他们疑惑。但我接着便有参观枪毙中国人的命运了。第二年添教霉菌学，细菌的形状是全用电影来显示的，一段落已完而还没有到下课的时候，便影几片时事的片子，自然都是日本战胜俄国的情形。但偏有中国人夹在里边：给俄国人做侦探，被日本军捕获，要枪毙了，围着看的也是一群中国人；在讲堂里的还有一个我。

“万岁！”他们都拍掌欢呼起来。

这种欢呼，是每看一片都有的，但在我，这一声却特别听得刺耳。此后回到中国来，我看见那些闲看枪毙犯人的人们，他们也何尝不酒醉似的喝彩，——呜呼，无法可想！但在那时那地，我的意见却变化了。

到第二学年的终结，我便去寻藤野先生，告诉他我将不学医学，并且离开这仙台。他的脸色仿佛有些悲哀，似乎想说话，但竟没有说。

“我想去学生物学，先生教给我的学问，也还有用的。”其实我并没有决意要学生物学，因为看得他有些凄然，便说了一个慰安他的谎话。

“为医学而教的解剖学之类，怕于生物学也没有什么大帮助。”他叹息说。

将走的前几天，他叫我到他家里去，交给我一张照相，后面写着两个字道：“惜别”，还说希望将我的也送他。但我这时适值没有照相了；他便叮嘱我将来照了寄给他，并且时时通信告诉他此后的状况。

我离开仙台之后，就多年没有照过相，又因为状况也无聊，说起来无非使他失望，便连信也怕敢写了。经过的年月一多，话更无从说起，所以虽然有时想写信，却又难以下笔，这样的一直到现在，竟没有寄过一封信和一张照片。从他那一面看起来，是一去之后，杳无消息了。

但不知怎地，我总还时时记起他，在我所认为我师的之中，他是最使我感激，给我鼓励的一个。有时我常常想：他的对于我的热心的希望，不倦的教诲，小而言之，是为中国，就是希望中国有新的医学；大而言之，是为学术，就是希望新的医学传到中国去。他的性格，在我的眼里和心里是伟大的，虽然他的姓名并不为许多人所知道。

他所改正的讲义，我曾经订成三厚本，收藏着的，将作为永久的纪念。不幸七年前迁居的时候，中途毁坏了一口书箱，失去半箱书，恰巧这讲义也遗失在内了。责成运送局去找寻，寂无回信。只有他的照相至今还挂在我北京寓居的东墙上，书桌对面。每当夜间疲倦，正想偷懒时，仰面在灯光中瞥见他黑瘦的面貌，似乎正要说出抑扬顿挫的话来，便使我忽又良心发现，而且增加勇气了，于是点上一支烟，再继续写些为“正人君子”之流所深恶痛疾的文字。

十月十二日

原载 1926 年 12 月 10 日《莽原》第 1 卷第 23 期。

范爱农

在东京的客店里，我们大抵一起来就看报。学生所看的多是《朝日新闻》和《读卖新闻》，专爱打听社会上琐事的就看《二六新闻》。一天早晨，辟头就看见一条从中国来的电报，大概是：

“安徽巡抚恩铭被 Jo Shiki Rin 刺杀，刺客就擒。”

大家一怔之后，便容光焕发地互相告语，并且研究这刺客是谁，汉字是怎样三个字。但只要是绍兴人，又不专看教科书的，却早已明白了。这是徐锡麟，他留学回国之后，在做安徽候补道，办着巡警事务，正合于刺杀巡抚的地位。

大家接着就预测他将被极刑，家族将被连累。不久，秋瑾姑娘在绍兴被杀的消息也传来了，徐锡麟是被挖了心，给恩铭的亲兵炒食净尽。人心很愤怒。有几个人便秘密地开一个会，筹集川资；这时用得着日本浪人了，撕乌贼鱼下酒，慷慨一通之后，他便登程去接徐伯荪的家属去。

照例还有一个同乡会，吊烈士，骂满洲；此后便有人主张打电报到北京，痛斥满政府的无人道。会众即刻分成两派：一派要发电，一派不要发。我是主张发电的，但当我说出之后，即有一种钝滞的声音跟着起来：

“杀的杀掉了，死的死掉了，还发什么屁电报呢。”

这是一个高大身材，长头发，眼球白多黑少的人，看人总像在渺视。他蹲在席子上，我发言大抵就反对；我早觉得奇怪，注意着他的了，到这时才打听别人：说这话的是谁呢，有那么冷？认识的人告诉我说：他叫范爱农，是徐伯荪的学生。

我非常愤怒了，觉得他简直不是人，自己的先生被杀了，连打一个电报还害怕，于是便坚执地主张要发电，同他争起来。结果是主张发电的居多数，他屈服了。其次要推出人来拟电稿。

“何必推举呢？自然是主张发电的人啰～～。”他说。

我觉得他的话又在针对我，无理倒也并非无理的。但我便主张这一篇悲壮的文章必须深知烈士生平的人做，因为他比别人关系更密切，心里更悲愤，做出来就一定更动人。于是又争起来。结果是他不做，我也不做，不知谁承认做去了；其次是大家走散，只留下一个拟稿的和一两个干事，等候做好之后去拍发。

从此我总觉得这范爱农离奇，而且很可恶。天下可恶的人，当初以为是满人，这时才知道还在其次；第一倒是范爱农。中国不革命则已，要革命，首先就必须将范爱农除去。

然而这意见后来似乎逐渐淡薄，到底忘却了，我们从此也没有再见面。直到革命的前一年，我在故乡做教员，大概是春末时候罢，忽然在熟人的客座上看见了一个人，互相熟视了不过两三秒钟，我们便同时说：

“哦哦，你是范爱农！”

“哦哦，你是鲁迅！”

不知怎地我们便都笑了起来，是互相的嘲笑和悲哀。他眼睛还是那样，然而奇怪，只这几年，头上却有了白发了，但也许本来就有，我先前没有留心到。他穿着很旧的布马褂，破布鞋，显得很寒素。谈起自己的经历来，他说他后来没有了学费，不能再留学，便回来了。回到故乡之后，又受着轻蔑，排斥，迫害，几乎无地可容。现在是躲在乡下，教着几个小学生糊口。但因为有时觉得很气闷，所以也乘了航船进城来。

他又告诉我现在爱喝酒，于是我们便喝酒。从此他每一进城，必定来访我，非常相熟了。我们醉后常谈些愚不可及的疯话，连母亲偶然听到了也发笑。一天我忽而记起在东京开同乡会时的旧事，便问他：

“那一天你专门反对我，而且故意似的，究竟是什么缘故呢？”

“你还不知道？我一向就讨厌你的，——不但我，我们。”

“你那时之前，早知道我是谁么？”

“怎么不知道。我们到横滨，来接的不就是子英和你么？你看不起我们，摇摇头，你自己还记得么？”

我略略一想，记得的，虽然是七八年前的事。那时是子英来约我的，说到横滨去接新来留学的同乡。汽船一到，看见一大堆，大概一共有十多人，一上岸便将行李放到税关上去候查检，关吏在衣箱中翻来翻去，忽然翻出一双绣花的弓鞋来，便放下公事，拿着仔细地看。我很不满，心里想，这些鸟男人，怎么带这东西来呢。自己不注意，那时也许就摇了摇头。检验完毕，在客店小坐之后，即须上火车。不料这一群读书人又在客车上让起坐位来了，甲要乙坐在这位子，乙要丙去坐，做揖未终，火车已开，车身一摇，即刻跌倒了三四个。我那时也很不满，暗地里想：连火车上的坐位，他们也要分出尊卑来……。自己不注意，也许又摇了摇头。然而那群雍容揖让的人物中就有范爱农，却直到这一天才想到。岂但他呢，说起来也惭愧，这一群里，还有后来在安徽战死的陈伯平烈士，被害的马宗汉烈士；被囚在黑狱里，到革命后才见天日而身上永带着匪刑的伤痕的也还有一两人。而我都茫无所知，摇着头将他们一并运上东京了。徐伯荪虽然和他们同船来，却不在这车上，因为他在神户就和他的夫人坐车走了陆路了。

我想我那时摇头大约有两回，他们看见的不知道是那一回。让坐时喧闹，检查时幽静，一定是在税关上的那一回了，试问爱农，果然是的。

“我真不懂你们带这东西做什么？是谁的？”

“还不是我们师母的？”他瞪着他多白的眼。

“到东京就要假装大脚，又何必带这东西呢？”

“谁知道呢？你问她去。”

到冬初，我们的景况更拮据了，然而还喝酒，讲笑话。忽然是武昌起义，接着是绍兴光复。第二天爱农就上城来，戴着农夫常用的毡帽，那笑容是从来没有见过的。

“老迅，我们今天不喝酒了。我要去看看光复的绍兴。我们同去。”

我们便到街上去走了一通，满眼是白旗。然而貌虽如此，内骨子是依旧的，因为还是几个旧乡绅所组织的军政府，什么铁路股东是行政司长，钱店掌柜是军械司长……。这军政府也到底不长久，几个少年一嚷，王金发带兵从杭州进来了，但即使不嚷或者也会来。他进来以后，也就被许多闲汉和新进的革命党所包围，大做王都督。在衙门里的人物，穿布衣来的，不上十天也大概换上皮袍子了，天气还并不冷。

我被摆在师范学校校长的饭碗旁边，王都督给了我校款二百元。爱农做监学，还是那件布袍子，但不大喝酒了，也很少有工夫谈闲天。他办事，兼教书，实在勤快得可以。

"情形还是不行，王金发他们。"一个去年听过我的讲义的少年来访我，慷慨地说，"我们要办一种报来监督他们。不过发起人要借用先生的名字。还有一个是子英先生，一个是德清先生。为社会，我们知道你决不推却的。"

我答应他了。两天后便看见出报的传单，发起人诚然是三个。五天后便见报，开首便骂军政府和那里面的人员；此后是骂都督，都督的亲戚、同乡、姨太太……。

这样地骂了十多天，就有一种消息传到我的家里来，说都督因为你们诈取了他的钱，还骂他，要派人用手枪来打死你们了。

别人倒还不打紧，第一个着急的是我的母亲，叮嘱我不要再出去。但我还是照常走，并且说明，王金发是不来打死我们的，他虽然绿林大学出身，而杀人却不很轻易。况且我拿的是校款，这一点他还能明白的，不过说说罢了。

果然没有来杀。写信去要经费，又取了二百元。但仿佛有些怒意，同时传令道：再来要，没有了！

不过爱农得到了一种新消息，却使我很为难。原来所谓“诈取”者，并非指学校经费而言，是指另有送给报馆的一笔款。报纸上骂了几天之后，王金发便叫人送去了五百元。于是乎我们的少年们便开起会议来，第一个问题是：收不收？决议曰：收。第二个问题是：收了之后骂不骂？决议曰：骂。理由是：收钱之后，他是股东；股东不好，自然要骂。

我即刻到报馆去问这事的真假。都是真的。略说了几句不该收他钱的话，一个名为会计的便不高兴了，质问我道：

“报馆为什么不收股本？”

“这不是股本……。”

“不是股本是什么？”

我就不再说下去了，这一点世故是早已知道的，倘我再说出连累我们的话来，他就会面斥我太爱惜不值钱的生命，不肯为社会牺牲，或者明天在报上就可以看见我怎样怕死发抖的记载。

然而事情很凑巧，季茀写信来催我往南京了。爱农也很赞成，但颇凄凉，说：

“这里又是那样，住不得。你快去罢……。”

我懂得他无声的话，决计往南京。先到都督府去辞职，自然照准，派来了一个拖鼻涕的接收员，我交出账目和余款一角又两铜元，不是校长了。后任是孔教会会长傅力臣。

报馆案是我到南京后两三个星期了结的，被一群兵们捣毁。子英在乡下，没有事；德清适值在城里，大腿上被刺了一尖刀。他大怒了。自然，这是很有些痛的，怪他不得。他大怒之后，脱下衣服，照了一张照片，以显示一寸来宽的刀伤，并且做一篇文章叙述情形，向各处分送，宣传军政府的横暴。我想，这种照片现在是大约未必还有人收藏着了，尺寸太小，刀伤缩小到几乎等于无，如果不加说明，看见的人一定以为是带些疯气的风流人物的裸体照片，倘遇见孙传芳大帅，还怕要被禁止的。

我从南京移到北京的时候，爱农的学监也被孔教会会长的校长设法去掉了。他又成了革命前的爱农。我想为他在北京寻一点小事做，这是他非常希望的，然而没有机会。他后来便到一个熟人的家里去寄食，也时时给我信，景况愈困穷，言辞也愈凄苦。终于又非走出这熟人的家不可，便在各处飘浮。不久，忽然从同乡那里得到一个消息，说他已经掉在水里，淹死了。

我疑心他是自杀。因为他是凫水的好手，不容易淹死的。

夜间独坐在会馆里，十分悲凉，又疑心这消息并不确，但无端又觉得这是极其可靠的，虽然并无证据。一点法子都没有，只做了四首诗，后来曾在一种日报上发表，现在是将要忘记完了。只记得一首里的六句，起首四句是："把酒论天下，先生小酒人。大圜犹酩酊，微醉合沉沦。"中间忘掉两句，末了是"旧朋云散尽，余亦等轻尘。"

后来我回故乡去，才知道一些较为详细的事。爱农先是什么事也没得做，因为大家讨厌他。他很困难，但还喝酒，是朋友请他的。他已经很少和人们来往，常见的只剩下几个后来认识的较为年青的人了，然而他们似乎也不愿意多听他的牢骚，以为不如讲笑话有趣。

"也许明天就收到一个电报，拆开来一看，是鲁迅来叫我的。"他时常这样说。

一天，几个新的朋友约他坐船去看戏，回来已过夜半，又是大风雨，他醉着，却偏要到船舷上去小解。大家劝阻他，也不听，自己说是不会掉下去的。但他掉下去了，虽然能凫水，却从此不起来。

第二天打捞尸体，是在菱荡里找到的，直立着。

我至今不明白他究竟是失足还是自杀。

他死后一无所有，遗下一个幼女和他的夫人。有几个人想集一点钱作他女孩将来的学费的基金，因为一经提议，即有族人来争这笔款的保管权，——其实还没有这笔款，——大家觉得无聊，便无形消散了。

现在不知他唯一的女儿景况如何？倘在上学，中学已该毕业了罢。

一九二六年十一月十八日

原载 1926 年 12 月 25 日《莽原》半月刊第 1 卷第 24 期。

《野草》题辞

当我沉默着的时候，我觉得充实；我将开口，同时感到空虚。

过去的生命已经死亡。我对于这死亡有大欢喜，因为我借此知道它曾经存活。死亡的生命已经朽腐。我对于这朽腐有大欢喜，因为我借此知道它还非空虚。

生命的泥委弃在地面上，不生乔木，只生野草，这是我的罪过。

野草，根本不深，花叶不美，然而吸取露，吸取水，吸取陈死人的血和肉，各各夺取它的生存。当生存时，还是将遭践踏，将遭删刈，直至于死亡而朽腐。

但我坦然，欣然。我将大笑，我将歌唱。

我自爱我的野草，但我憎恶这以野草作装饰的地面。

地火在地下运行，奔突；熔岩一旦喷出，将烧尽一切野草，以及乔木，于是并且无可朽腐。

但我坦然，欣然。我将大笑，我将歌唱。

天地有如此静穆，我不能大笑而且歌唱。天地即不如此静穆，我或者也将不能。我以这一丛野草，在明与暗，生与死，过去与未来之际，献于友与仇，人与兽，爱者与不爱者之前作证。

为我自己，为友与仇，人与兽，爱者与不爱者，我希望这野草的死亡与朽腐，火速到来。要不然，我先就未曾生存，这实在比死亡与朽腐更其不幸。

去罢，野草，连着我的题辞！

一九二七年四月二十六日，鲁迅记于广州之白云楼上

原载 1927 年 7 月 2 日《语丝》周刊第 138 期。

辑三 杂文

1933年9月13日，鲁迅53岁生日全家合影

娜拉走后怎样

——一九二三年十二月二十六日在北京女子高等师范学校文艺会讲

我今天要讲的是"娜拉走后怎样？"

伊孛生是十九世纪后半的瑙威的一个文人。他的著作，除了几十首诗之外，其余都是剧本。这些剧本里面，有一时期是大抵含有社会问题的，世间也称作"社会剧"，其中有一篇就是《娜拉》。

《娜拉》一名 Ein Puppenheim，中国译作《傀儡家庭》。但 Puppe 不单是牵线的傀儡，孩子抱着玩的人形也是；引申开去，别人怎么指挥，他便怎么做的人也是。娜拉当初是满足地生活在所谓幸福的家庭里的，但是她竟觉悟了：自己是丈夫的傀儡，孩子们又是她的傀儡。她于是走了，只听得关门声，接着就是闭幕。这想来大家都知道，不必细说了。

娜拉要怎样才不走呢？或者说伊孛生自己有解答，就是 Die Frau vom Meer，《海的女人》，中国有人译作《海上夫人》的。这女人是已经结婚的了，然而先前有一个爱人在海的彼岸，一日突然寻来，叫她一同去。她便告知她的丈夫，要和那外来人会面。临末，她的丈夫说，"现在放你完全自由。（走与不走）你能够自己选择，并且还要自己负责任。”于是什么事全都改变，她就不走了。这样看来，娜拉倘也得到这样的自由，或者也便可以安住。

但娜拉毕竟是走了的。走了以后怎样？伊孛生并无解答；而且他已经死了。即使不死，他也不负解答的责任。因为伊孛生是在做诗，不是为社会提出问题来而且代为解答。就如黄莺一样，因为他自己要歌唱，所以他歌唱，不是要唱给人们听得有趣，有益。伊孛生是很不通世故的，相传在许多妇女们一同招待他的筵宴上，代表者起来致谢他作了《傀儡家庭》，将女性的自觉，解放这些事，给人心以新的启示的时候，他却答道，“我写那篇却并不是这意思，我不过是做诗。”

娜拉走后怎样？——别人可是也发表过意见的。一个英国人曾作一篇戏剧，说一个新式的女子走出家庭，再也没有路走，终于堕落，进了妓院了。还有一个中国人，——我称他什么呢？上海的文学家罢，——说他所见的《娜拉》是和现译本不同，娜拉终于回来了。这样的本子可惜没有第二人看见，除非是伊孛生自己寄给他的。但从事理上推想起来，娜拉或者也实在只有两条路：不是堕落，就是回来。因为如果是一匹小鸟，则笼子里固然不自由，而一出笼门，外面便又有鹰，有猫，以及别的什么东西之类；倘使已经关得麻痹了翅子，忘却了飞翔，也诚然是无路可以走。还有一条，就是饿死了，但饿死已经离开了生活，更无所谓问题，所以也不是什么路。

人生最苦痛的是梦醒了无路可以走。做梦的人是幸福的；倘没有看出可走的路，最要紧的是不要去惊醒他。你看，唐朝的诗人李贺，不是困顿了一世的么？而他临死的时候，却对他的母亲说，“阿妈，上帝造成了白玉楼，叫我做文章落成去了。”这岂非明明是一个诳，一个梦？然而一个小的和一个老的，一个死的和一个活的，死的高兴地死去，活的放心地活着。说诳和做梦，在这些时候便见得伟大。所以我想，假使寻不出路，我们所要的倒是梦。

但是，万不可做将来的梦。阿尔志跋绥夫曾经借了他所做的小说，质问过梦想将来的黄金世界的理想家，因为要造那世界，先唤起许多人们来受苦。他说，“你们将黄金世界预约给他们的子孙了，可是有什么给他们自己呢？”有是有的，就是将来的希望。但代价也太大了，为了这希望，要使人练敏了感觉来更深切地感到自己的苦痛，叫起灵魂来目睹他自己的腐烂的尸骸。惟有说诳和做梦，这些时候便见得伟大。所以我想，假使寻不出路，我们所要的就是梦；但不要将来的梦，只要目前的梦。

然而娜拉既然醒了，是很不容易回到梦境的，因此只得走；可是走了以后，有时却也免不掉堕落或回来。否则，就得问：她除了觉醒的心以外，还带了什么去？倘只有一条像诸君一样的紫红的绒绳的围巾，那可是无论宽到二尺或三尺，也完全是不中用。她还须更富有，提包里有准备，直白地说，就是要有钱。

梦是好的；否则，钱是要紧的。

钱这个字很难听，或者要被高尚的君子们所非笑，但我总觉得人们的议论是不但昨天和今天，即使饭前和饭后，也往往有些差别。凡承认饭需钱买，而以说钱为卑鄙者，倘能按一按他的胃，那里面怕总还有鱼肉没有消化完，须得饿他一天之后，再来听他发议论。

所以为娜拉计，钱，——高雅的说罢，就是经济，是最要紧的了。自由固不是钱所能买到的，但能够为钱而卖掉。人类有一个大缺点，就是常常要饥饿。为补救这缺点起见，为准备不做傀儡起见，在目下的社会里，经济权就见得最要紧了。第一，在家应该先获得男女平均的分配；第二，在社会应该获得男女相等的势力。可惜我不知道这权柄如何取得，单知道仍然要战斗；或者也许比要求参政权更要用剧烈的战斗。

要求经济权固然是很平凡的事，然而也许比要求高尚的参政权以及博大的女子解放之类更烦难。天下事尽有小作为比大作为更烦难的。譬如现在似的冬天，我们只有这一件棉袄，然而必须救助一个将要冻死的苦人，否则便须坐在菩提树下冥想普度一切人类的方法去。普度一切人类和救活一人，大小实在相去太远了，然而倘叫我挑选，我就立刻到菩提树下去坐着，因为免得脱下唯一的棉袄来冻杀自己。所以在家里说要参政权，是不至于大遭反对的，一说到经济的平均分配，或不免面前就遇见敌人，这就当然要有剧烈的战斗。

战斗不算好事情，我们也不能责成人人都是战士，那么，平和的方法也就可贵了，这就是将来利用了亲权来解放自己的子女。中国的亲权是无上的，那时候，就可以将财产平匀地分配子女们，使他们平和而没有冲突地都得到相等的经济权，此后或者去读书，或者去生发，或者为自己去享用，或者为社会去做事，或者去花完，都请便，自己负责任。这虽然也是颇远的梦，可是比黄金世界的梦近得不少了。但第一需要记性。记性不佳，是有益于己而有害于子孙的。人们因为能忘却，所以自己能渐渐地脱离了受过的苦痛，也因为能忘却，所以往往照样地再犯前人的错误。被虐待的儿媳做了婆婆，仍然虐待儿媳；嫌恶学生的官吏，每是先前痛骂官吏的学生；现在压迫子女的，有时也就是十年前的家庭革命者。这也许与年龄和地位都有关系罢，但记性不佳也是一个很大的原因。救济法就是各人去买一本 note — book 来，将自己现在的思想举动都记上，作为将来年龄和地位都改变了之后的参考。假如憎恶孩子要到公园去的时候，取来一翻，看见上面有一条道，“我想到中央公园去”，那就即刻心平气和了。别的事也一样。

世间有一种无赖精神，那要义就是韧性。听说拳匪乱后，天津的青皮，就是所谓无赖者很跋扈，譬如给人搬一件行李，他就要两元，对他说这行李小，他说要两元，对他说道路近，他说要两元，对他说不要搬了，他说也仍然要两元。青皮固然是不足为法的，而那韧性却大可以佩服。要求经济权也一样，有人说这事情太陈腐了，就答道要经济权；说是太卑鄙了，就答道要经济权；说是经济制度就要改变了，用不着再操心，也仍然答道要经济权。

其实，在现在，一个娜拉的出走，或者也许不至于感到困难的，因为这人物很特别，举动也新鲜，能得到若干人们的同情，帮助着生活。生活在人们的同情之下，已经是不自由了，然而倘有一百个娜拉出走，便连同情也减少，有一千一万个出走，就得到厌恶了，断不如自己握着经济权之为可靠。

在经济方面得到自由，就不是傀儡了么？也还是傀儡。

无非被人所牵的事可以减少，而自己能牵的傀儡可以增多罢了。因为在现在的社会里，不但女人常作男人的傀儡，就是男人和男人，女人和女人，也相互地作傀儡，男人也常作女人的傀儡，这决不是几个女人取得经济权所能救的。但人不能饿着静候理想世界的到来，至少也得留一点残喘，正如涸辙之鲋，急谋升斗之水一样，就要这较为切近的经济权，一面再想别的法。

如果经济制度竟改革了，那上文当然完全是废话。

然而上文，是又将娜拉当做一个普通的人物而说的，假使她很特别，自己情愿闯出去做牺牲，那就又另是一回事。我们无权去劝诱人做牺牲，也无权去阻止人做牺牲。况且世上也尽有乐于牺牲，乐于受苦的人物。欧洲有一个传说，耶稣去钉十字架时，休息在 Ahasvar 的檐下，Ahasvar 不准他，于是被了咒诅，使他永世不得休息，直到末日裁判的时候。Ahasvar 从此就歇不下，只是走，现在还在走。走是苦的，安息是乐的，他何以不安息呢？虽说背着咒诅，可是大约总该是觉得走比安息还适意，所以始终狂走的罢。

只是这牺牲的适意是属于自己的，与志士们之所谓为社会者无涉。群众，——尤其是中国的，——永远是戏剧的看客。牺牲上场，如果显得慷慨。他们就看了悲壮剧；

如果显得觳觫，他们就看了滑稽剧。北京的羊肉铺前常有几个人张着嘴看剥羊，仿佛颇愉快，人的牺牲能给与他们的益处，也不过如此。而况事后走不几步，他们并这一点愉快也就忘却了。

对于这样的群众没有法，只好使他们无戏可看倒是疗救，正无需乎震骇一时的牺牲，不如深沉的韧性的战斗。

可惜中国太难改变了，即使搬动一张桌子，改装一个火炉，几乎也要血；而且即使有了血，也未必一定能搬动，能改装。不是很大的鞭子打在背上，中国自己是不肯动弹的，我想这鞭子总要来，好坏是别一问题，然而总要打到的。但是从那里来，怎么地来，我也是不能确切地知道。

我这讲演也就此完结了。

演讲于一九二三年十二月二十六日

原载1924年《文艺会刊》第6期。

关于太炎先生二三事

前一些时，上海的官绅为太炎先生开追悼会，赴会者不满百人，遂在寂寞中闭幕，于是有人慨叹，以为青年们对于本国的学者，竟不如对于外国的高尔基的热诚。这慨叹其实是不得当的。官绅集会，一向为小民所不敢到；况且高尔基是战斗的作家，太炎先生虽先前也以革命家现身，后来却退居于宁静的学者，用自己所手造的和别人所帮造的墙，和时代隔绝了。纪念者自然有人，但也许将为大多数所忘却。

我以为先生的业绩，留在革命史上的，实在比在学术史上还要大。回忆三十余年之前，木板的《訄书》已经出版了，我读不断，当然也看不懂，恐怕那时的青年，这样的多得很。我的知道中国有太炎先生，并非因为他的经学和小学，是为了他驳斥康有为和作邹容的《革命军》序，竟被监禁于上海的西牢。那时留学日本的浙籍学生，正办杂志《浙江潮》，其中即载有先生狱中所作诗，却并不难懂。这使我感动，也至今并没有忘记，现在抄两首在下面——

狱中赠邹容

邹容吾小弟，被发下瀛洲。

快剪刀除辫，干牛肉作餱。

英雄一入狱，天地亦悲秋。

临命须掺手，乾坤只两头。

狱中闻沈禹希见杀

不见沈生久，江湖知隐沦。

萧萧悲壮士，今在易京门。

螭彪羞争焰，文章总断魂。

中阴当待我，南北几新坟。

一九〇六年六月出狱，即日东渡，到了东京，不久就主持《民报》。我爱看这《民报》，但并非为了先生的文笔古奥，索解为难，或说佛法，谈“俱分进化”，是为了他和主张保皇的梁启超斗争，和“××”的“×××”斗争，和“以《红楼梦》为成佛之要道”的×××斗争，真是所向披靡，令人神旺。前去听讲也在这时候，但又并非因为他是学者，却为了他是有学问的革命家，所以直到现在，先生的音容笑貌，还在目前，而所讲的《说文解字》，却一句也不记得了。

民国元年革命后，先生的所志已达，该可以大有作为了，然而还是不得志。这也是和高尔基的生受崇敬，死备哀荣，截然两样的。我以为两人遭遇的所以不同，其原因乃在高尔基先前的理想，后来都成为事实，他的一身，就是大众的一体，喜怒哀乐，无不相通；而先生则排满之志虽伸，但视为最紧要的“第一是用宗教发起信心，增进国民的道德；第二是用国粹激动种性，增进爱国的热肠”（见《民报》第六本），却仅止于高妙的幻想；不久而袁世凯又攘夺国柄，以遂私图，就更使先生失却实地，仅垂空文，至于今，惟我们的“中华民国”之称，尚系发源于先生的《中华民国解》（最先亦见《民报》），为巨大的记念而已，然而知道这一重公案者，恐怕也已经不多了。既离民众，渐入颓唐，后来的参与投壶，接收馈赠，遂每为论者所不满，但这也不过白圭之玷，并非晚节不终。考其生平，以大勋章作扇坠，临总统府之门，大诟袁世凯的包藏祸心者，并世无第二人；七被追捕，三入牢狱，而革命之志，终不屈挠者，并世亦无第二人：这才是先哲的精神，后生的楷范。近有文侩，勾结小报，竟也作文奚落先生以自鸣得意，真可谓“小人不欲成人之美”，而且“蚍蜉撼大树，可笑不自量”了！

但革命之后，先生亦渐为昭示后世计，自藏其锋铓。

浙江所刻的《章氏丛书》，是出于手定的，大约以为驳难攻讦，至于忿詈，有违古之儒风，足以贻讥多士的罢，先前的见于期刊的斗争的文章，竟多被刊落，上文所引的诗两首，亦不见于《诗录》中。一九三三年刻《章氏丛书续编》于北平，所收不多，而更纯谨，且不取旧作，当然也无斗争之作，先生遂身衣学术的华衮，粹然成为儒宗，执贽愿为弟子者綦众，至于仓皇制《同门录》成册。近阅日报，有保护版权的广告，有三续丛书的记事，可见又将有遗著出版了，但补入先前战斗的文章与否，却无从知道。战斗的文章，乃是先生一生中最大，最久的业绩，假使未备，我以为是应该一一辑录，校印，使先生和后生相印，活在战斗者的心中的。然而此时此际，恐怕也未必能如所望罢，呜呼！

十月九日

本篇最初印入1937年3月10日在上海出版的《工作与学习丛刊》之一《二三事》一书。

论“费厄泼赖”应该缓行

一　解题

《语丝》五七期上语堂先生曾经讲起“费厄泼赖”（fair play），以为此种精神在中国最不易得，我们只好努力鼓励；又谓不“打落水狗”，即足以补充“费厄泼赖”的意义。我不懂英文，因此也不明这字的函义究竟怎样，如果不“打落水狗”也即这种精神之一体，则我却很想有所议论。但题目上不直书“打落水狗”者，乃为回避触目起见，即并不一定要在头上强装“义角”之意。总而言之，不过说是“落水狗”未始不可打，或者简直应该打而已。

二　论“落水狗”有三种，大都在可打之列

今之论者，常将“打死老虎”与“打落水狗”相提并论，以为都近于卑怯。我以为“打死老虎”者，装怯作勇，颇含滑稽，虽然不免有卑怯之嫌，却怯得令人可爱。至于“打落水狗”，则并不如此简单，当看狗之怎样，以及如何落水而定。考落水原因，大概可有三种：（1）狗自己失足落水者，（2）别人打落者，（3）亲自打落者。倘遇前二种，便即附和去打，自然过于无聊，或者竟近于卑怯；但若与狗奋战，

亲手打其落水，则虽用竹竿又在水中从而痛打之，似乎也非已甚，不得与前二者同论。

听说刚勇的拳师，决不再打那已经倒地的敌手，这实足使我们奉为楷模。但我以为尚须附加一事，即敌手也须是刚勇的斗士，一败之后，或自愧自悔而不再来，或尚须堂皇地来相报复，那当然都无不可。而于狗，却不能引此为例，与对等的敌手齐观，因为无论它怎样狂嗥，其实并不解什么“道义”；况且狗是能浮水的，一定仍要爬到岸上，倘不注意，它先就耸身一摇，将水点洒得人们一身一脸，于是夹着尾巴逃走了。但后来性情还是如此。老实人将它的落水认作受洗，以为必已忏悔，不再出而咬人，实在是大错而特错的事。

总之，倘是咬人之狗，我觉得都在可打之列，无论它在岸上或在水中。

三　论叭儿狗尤非打落水里，又从而打之不可

叭儿狗一名哈吧狗，南方却称为西洋狗了，但是，听说倒是中国的特产，在万国赛狗会里常常得到金奖牌，《大不列颠百科全书》的狗照相上，就很有几匹是咱们中国的叭儿狗。这也是一种国光。但是，狗和猫不是仇敌么？它却虽然是狗，又很像猫，折中，公允，调和，平正之状可

掬，悠悠然摆出别个无不偏激，惟独自己得了“中庸之道”似的脸来。因此也就为阔人，太监，太太，小姐们所钟爱，种子绵绵不绝。它的事业，只是以伶俐的皮毛获得贵人豢养，或者中外的娘儿们上街的时候，脖子上拴了细链子跟在脚后跟。

这些就应该先行打它落水，又从而打之；如果它自坠入水，其实也不妨又从而打之，但若是自己过于要好，自然不打亦可，然而也不必为之叹息。叭儿狗如可宽容，别的狗也大可不必打了，因为它们虽然非常势利，但究竟还有些像狼，带着野性，不至于如此骑墙。

以上是顺便说及的话，似乎和本题没有大关系。

四　论不“打落水狗”是误人子弟的

总之，落水狗的是否该打，第一是在看它爬上岸了之后的态度。

狗性总不大会改变的，假使一万年之后，或者也许要和现在不同，但我现在要说的是现在。如果以为落水之后，十分可怜，则害人的动物，可怜者正多，便是霍乱病菌，虽然生殖得快，那性格却何等地老实。然而医生是决不肯放过它的。

现在的官僚和土绅士或洋绅士，只要不合自意的，便说是赤化，是共产；民国元年以前稍不同，先是说康党，后是说革党，甚至于到官里去告密，一面固然在保全自己的尊荣，但也未始没有那时所谓“以人血染红顶子”之意。可是革命终于起来了，一群臭架子的绅士们，便立刻皇皇然若丧家之狗，将小辫子盘在头顶上。革命党也一派新气，——绅士们先前所深恶痛绝的新气，“文明”得可以；说是“咸与维新”了，我们是不打落水狗的，听凭它们爬上来罢。于是它们爬上来了，伏到民国二年下半年，二次革命的时候，就突出来帮着袁世凯咬死了许多革命人，中国又一天一天沉入黑暗里，一直到现在，遗老不必说，连遗少也还是那么多。这就因为先烈的好心，对于鬼蜮的慈悲，使它们繁殖起来，而此后的明白青年，为反抗黑暗计，也就要花费更多更多的气力和生命。

秋瑾女士，就是死于告密的，革命后暂时称为“女侠”，现在是不大听见有人提起了。革命一起，她的故乡就到了一个都督，——等于现在之所谓督军，——也是她的同志：王金发。他捉住了杀害她的谋主，调集了告密的案卷，要为她报仇。然而终于将那谋主释放了，据说是因为已经成了民国，大家不应该再修旧怨罢。但等到二次革命失败后，王金发却被袁世凯的走狗枪决了，与有力的是他所释放的杀过秋瑾的谋主。

这人现在也已“寿终正寝”了，但在那里继续跋扈出没着的也还是这一流人，所以秋瑾的故乡也还是那样的故乡，年复一年，丝毫没有长进。从这一点看起来，生长在可为中国模范的名城里的杨荫榆女士和陈西滢先生，真是洪福齐天。

五　论塌台人物不当与“落水狗”相提并论

“犯而不校”是恕道，“以眼还眼以牙还牙”是直道。中国最多的却是枉道：不打落水狗，反被狗咬了。但是，这其实是老实人自己讨苦吃。

俗语说：“忠厚是无用的别名”，也许太刻薄一点罢，但仔细想来，却也觉得并非唆人作恶之谈，乃是归纳了许多苦楚的经历之后的警句。譬如不打落水狗说，其成因大概有二：一是无力打；二是比例错。前者且勿论；后者的大错就又有二：一是误将塌台人物和落水狗齐观，二是不辨塌台人物又有好有坏，于是视同一律，结果反成为纵恶。即以现在而论，因为政局的不安定，真是此起彼伏如转轮，坏人靠着冰山，恣行无忌，一旦失足，忽而乞怜，而曾经亲见，或亲受其噬啮的老实人，乃忽以“落水狗”视之，不但不打，甚至于还有哀矜之意，自以为公理已伸，侠义这时正在我这里。殊不知它何尝真是落水，巢窟是早已造好的了，食料是早经储足的了，并且都在租界里。虽然有时似乎受伤，其实并不，至多不过是假装跛脚，聊以引起人们的恻隐之心，可以从容避匿罢了。他日复来，仍旧先咬老实人开手，“投石下井”，无所不为，寻起原因来，一部分就正因为老实人不“打落水狗”之故。所以，要是说得苛刻一点，也就是自家掘坑自家埋，怨天尤人，全是错误的。

六　论现在还不能一味“费厄”

仁人们或者要问：那么，我们竟不要“费厄泼赖”么？我可以立刻回答：当然是要的，然而尚早。这就是“请君入瓮”法。虽然仁人们未必肯用，但我还可以言之成理。土绅士或洋绅士们不是常常说，中国自有特别国情，外国的平等自由等等，不能适用么？我以为这“费厄泼赖”也是其一。否则，他对你不“费厄”，你却对他去“费厄”，结果总是自己吃亏，不但要“费厄”而不可得，并且连要不“费厄”而亦不可得。所以要“费厄”，最好是首先看清对手，倘是些不配承受“费厄”的，大可以老实不客气；待到它也“费厄”了，然后再与它讲“费厄”不迟。

这似乎很有主张二重道德之嫌，但是也出于不得已，因为倘不如此，中国将不能有较好的路。中国现在有许多二重道德，主与奴，男与女，都有不同的道德，还没有划一。要是对“落水狗”和“落水人”独独一视同仁，实在未免太偏，太早，正如绅士们之所谓自由平等并非不好，在中国却微嫌太早一样。所以倘有人要普遍施行“费厄泼赖”精神，我以为至少须俟所谓“落水狗”者带有人气之后。但现在自然也非绝不可行，就是，有如上文所说：要看清对手。而且还要有等差，即“费厄”必视对手之如何而施，无论其怎样落水，为人也则帮之，为狗也则不管之，为坏狗也则打之。一言以蔽之：“党同伐异”而已矣。

满心“婆理”而满口“公理”的绅士们的名言暂且置之不论不议之列，即使真心人所大叫的公理，在现今的中国，也还不能救助好人，甚至于反而保护坏人。因为当坏人得志，虐待好人的时候，即使有人大叫公理，他决不听从，叫喊仅止于叫喊，好人仍然受苦。然而偶有一时，好人或稍稍蹶起，则坏人本该落水了，可是，真心的公理论者又“勿报复”呀，“仁恕”呀，“勿以恶抗恶”呀……的大嚷起来。这一次却发生实效，并非空嚷了：好人正以为然，而坏人于是得救。但他得救之后，无非以为占了便宜，何尝改悔；并且因为是早已营就三窟，又善于钻谋的，所以不多时，也就依然声势赫奕，作恶又如先前一样。这时候，公理论者自然又要大叫，但这回他却不听你了。

但是，“疾恶太严”，“操之过急”，汉的清流和明的东林，却正以这一点倾败，论者也常常这样责备他们。殊不知那一面，何尝不“疾善如仇”呢？人们却不说一句话。假使此后光明和黑暗还不能作彻底的战斗，老实人误将纵恶当作宽容，一味姑息下去，则现在似的混沌状态，是可以无穷无尽的。

七　论“即以其人之道还治其人之身”

中国人或信中医或信西医，现在较大的城市中往往并有两种医，使他们各得其所。我以为这确是极好的事。倘能推而广之，怨声一定还要少得多，或者天下竟可以臻于郅治。例如民国的通礼是鞠躬，但若有人以为不对的，就独使他磕头。民国的法律是没有笞刑的，倘有人以为肉刑好，则这人犯罪时就特别打屁股。碗筷饭菜，是为今人而设的，有愿为燧人氏以前之民者，就请他吃生肉；再造几千间茅屋，将在大宅子里仰慕尧舜的高士都拉出来，给住在那里面；反对物质文明的，自然更应该不使他衔冤坐汽车。这样一办，真所谓“求仁得仁又何怨”，我们的耳根也就可以清净许多罢。

但可惜大家总不肯这样办，偏要以己律人，所以天下就多事。“费厄泼赖”尤其有流弊，甚至于可以变成弱点，反给恶势力占便宜。例如刘百昭殴曳女师大学生，《现代评论》上连屁也不放，一到女师大恢复，陈西滢鼓动女大学生占据校舍时，却道“要是她们不肯走便怎样呢？你们总不好意思用强力把她们的东西搬走了罢？”殴而且拉，而且搬，是有刘百昭的先例的，何以这一回独独“不好意思”？这就因为给他嗅到了女师大这一面有些“费厄”气味之故。但这“费厄”却又变成弱点，反而给人利用了来替章士钊的“遗泽”保镳。

八　结末

或者要疑我上文所言，会激起新旧，或什么两派之争，使恶感更深，或相持更烈罢。但我敢断言，反改革者对于改革者的毒害，向来就并未放松过，手段的厉害也已经无以复加了。只有改革者却还在睡梦里，总是吃亏，因而中国也总是没有改革，自此以后，是应该改换些态度和方法的。

一九二五年十二月二十九日

原载 1926 年 1 月 10 日《莽原》半月刊第 1 期。

“友邦惊诧”论

只要略有知觉的人就都知道：这回学生的请愿，是因为日本占据了辽吉，南京政府束手无策，单会去哀求国联，而国联却正和日本是一伙。读书呀，读书呀，不错，学生是应该读书的，但一面也要大人老爷们不至于葬送土地，这才能够安心读书。报上不是说过，东北大学逃散，冯庸大学逃散，日本兵看见学生模样的就枪毙吗？放下书包来请愿，真是已经可怜之至。不道国民党政府却在十二月十八日通电各地军政当局文里，又加上他们“捣毁机关，阻断交通，殴伤中委，拦劫汽车，攒击路人及公务人员，私逮刑讯，社会秩序，悉被破坏”的罪名，而且指出结果，说是“友邦人士，莫名惊诧，长此以往，国将不国”了！

好个“友邦人士”！日本帝国主义的兵队强占了辽吉，炮轰机关，他们不惊诧；阻断铁路，追炸客车，捕禁官吏，枪毙人民，他们不惊诧。中国国民党治下的连年内战，空前水灾，卖儿救穷，砍头示众，秘密杀戮，电刑逼供，他们也不惊诧。在学生的请愿中有一点纷扰，他们就惊诧了！

好个国民党政府的“友邦人士”！是些什么东西！

即使所举的罪状是真的罢，但这些事情，是无论哪一个“友邦”也都有的，他们的维持他们的“秩序”的监狱，就撕掉了他们的“文明”的面具。摆什么“惊诧”的臭脸孔呢?

可是“友邦人士”一惊诧，我们的国府就怕了，“长此以往，国将不国”了。好像失了东三省，党国倒愈像一个国，失了东三省谁也不响，党国倒愈像一个国，失了东三省只有几个学生上几篇“呈文”，党国倒愈像一个国，可以博得“友邦人士”的夸奖，永远“国”下去一样。

几句电文，说得明白极了：怎样的党国，怎样的“友邦”。“友邦”要我们人民身受宰割，寂然无声，略有“越轨”，便加屠戮；党国是要我们遵从这“友邦人士”的希望，否则，他就要“通电各地军政当局”，“即予紧急处置，不得于事后借口无法劝阻，敷衍塞责”了!

因为“友邦人士”是知道的：日兵“无法劝阻”，学生们怎会“无法劝阻”？每月一千八百万的军费，四百万的政费，作什么用的呀，“军政当局”呀?

写此文后刚一天，就见二十一日《申报》登载南京专电云：“考试院部员张以宽，盛传前日为学生架去重伤。兹据张自述，当时因车夫误会，为群众引至中大，旋出校回寓，并无受伤之事。至行政院某秘书被拉到中大，亦当时出来，更无失踪之事。”而“教育消息”栏内，又记本埠一小部分学校赴京请愿学生死伤的确数，则云：“中公死二人，伤三十人，复旦伤二人，复旦附中伤十人，东亚失踪一人（系女性），上中失踪一人，伤三人，文生氏死一人，伤五人……”可见学生并未如国府通电所说，将“社会秩序，破坏无余”，而国府则不但依然能够镇压，而且依然能够诬陷，杀戮。“友邦人士”，从此可以不必“惊诧莫名”，只请放心来瓜分就是了。

一九三一年

原载 1931 年 12 月 25 日《十字街头》第 2 期，署名明瑟。

文学与出汗

上海的教授对人讲文学，以为文学当描写永远不变的人性，否则便不久长。例如英国，莎士比亚和别的一两个人所写的是永久不变的人性，所以至今流传，其余的不这样，就都消灭了云。

这真是所谓“你不说我倒还明白，你越说我越胡涂”了。英国有许多先前的文章不流传，我想，这是总会有的，但竟没有想到它们的消灭，乃因为不写永久不变的人性。现在既然知道了这一层，却更不解它们既已消灭，现在的教授何从看见，却居然断定它们所写的都不是永久不变的人性了。

只要流传的便是好文学，只要消灭的便是坏文学；抢得天下的便是王，抢不到天下的便是贼。莫非中国式的历史论，也将沟通了中国人的文学论欤?

而且，人性是永久不变的么?

类人猿，类猿人，原人，古人，今人，未来的人，……

如果生物真会进化，人性就不能永久不变。不说类猿人，就是原人的脾气，我们大约就很难猜得着的，则我们的脾气，恐怕未来的人也未必会明白。要写永久不变的人性，实在难哪。

譬如出汗罢，我想，似乎于古有之，于今也有，将来一定暂时也还有，该可以算得较为“永久不变的人性”了。然而“弱不禁风”的小姐出的是香汗，“蠢笨如牛”的工人出的是臭汗。不知道倘要做长留世上的文字，要充长留世上的文学家，是描写香汗好呢，还是描写臭汗好？这问题倘不先行解决，则在将来文学史上的位置，委实是“岌岌乎殆哉”。

听说，例如英国，那小说，先前是大抵写给太太小姐们看的，其中自然是香汗多；到十九世纪后半，受了俄国文学的影响，就很有些臭汗气了。那一种的命长，现在似乎还在不可知之数。

在中国，从道士听论道，从批评家听谈文，都令人毛孔痉挛，汗不敢出。然而这也许倒是中国的“永久不变的人性”罢。

二七,一二,二三

原载1928年1月14日《语丝》周刊第4卷第5期。

拿来主义

中国一向是所谓“闭关主义”，自己不去，别人也不许来。自从给枪炮打破了大门之后，又碰了一串钉子，到现在，成了什么都是“送去主义”了。别的且不说罢，单是学艺上的东西，近来就先送一批古董到巴黎去展览，但终“不知后事如何”；还有几位“大师”们捧着几张古画和新画，在欧洲各国一路的挂过去，叫作“发扬国光”。听说不远还要送梅兰芳博士到苏联去，以催进“象征主义”，此后是顺便到欧洲传道。我在这里不想讨论梅博士演艺和象征主义的关系，总之，活人替代了古董，我敢说，也可以算得显出一点进步了。

但我们没有人根据了“礼尚往来”的仪节，说道：拿来！

当然，能够只是送出去，也不算坏事情，一者见得丰富，二者见得大度。尼采就自诩过他是太阳，光热无穷，只是给与，不想取得。然而尼采究竟不是太阳，他发了疯。中国也不是，虽然有人说，掘起地下的煤来，就足够全世界几百年之用，但是，几百年之后呢？几百年之后，我们当然是化为魂灵，或上天堂，或落了地狱，但我们的子孙是在的，所以还应该给他们留下一点礼品。要不然，则当佳节大典之际，他们拿不出东西来，只好磕头贺喜，讨一点残羹冷炙做奖赏。

这种奖赏，不要误解为“抛来”的东西，这是“抛给”的，说得冠冕些，可以称之为“送来”，我在这里不想举出实例。

我在这里也并不想对于“送去”再说什么，否则太不“摩登”了。我只想鼓吹我们再吝啬一点，“送去”之外，还得“拿来”，是为“拿来主义”。

但我们被“送来”的东西吓怕了。先有英国的鸦片，德国的废枪炮，后有法国的香粉，美国的电影，日本的印着“完全国货”的各种小东西。于是连清醒的青年们，也对于洋货发生了恐怖。其实，这正是因为那是“送来”的，而不是“拿来”的缘故。

所以我们要运用脑髓，放出眼光，自己来拿！

譬如罢，我们之中的一个穷青年，因为祖上的阴功（姑且让我这么说说罢），得了一所大宅子，且不问他是骗来的，抢来的，或合法继承的，或是做了女婿换来的。那么，怎么办呢？我想，首先是不管三七二十一，“拿来”！但是，如果反对这宅子的旧主人，怕给他的东西染污了，徘徊不敢走进门，是孱头；勃然大怒，放一把火烧光，算是保存自己的清白，则是昏蛋。不过因为原是羡慕这宅子的旧主人的，而这回接受一切，欣欣然的蹩进卧室，大吸剩下的鸦片，那当然更是废物。“拿来主义”者是全不这样的。

他占有，挑选。看见鱼翅，并不就抛在路上以显其“平民化”，只要有养料，也和朋友们像萝卜白菜一样的吃掉，只不用它来宴大宾；看见鸦片，也不当众摔在茅厕里，以见其彻底革命，只送到药房里去，以供治病之用，却不弄“出售存膏，售完即止”的玄虚。只有烟枪和烟灯，虽然形式和印度，波斯，阿剌伯的烟具都不同，确可以算是一种国粹，倘使背着周游世界，一定会有人看，但我想，除了送一点进博物馆之外，其余的是大可以毁掉的了。还有一群姨太太，也大以请她们各自走散为是，要不然，“拿来主义”怕未免有些危机。

总之，我们要拿来。我们要或使用，或存放，或毁灭。那么，主人是新主人，宅子也就会成为新宅子。然而首先要这人沉着，勇猛，有辨别，不自私。没有拿来的，人不能自成为新人，没有拿来的，文艺不能自成为新文艺。

一九三四年六月四日

原载 1934 年 6 月 7 日《中华日报·动向》，署名霍冲。

中国人失掉自信力了吗

从公开的文字上看起来：两年以前，我们总自夸着“地大物博”，是事实；不久就不再自夸了，只希望着国联，也是事实；现在是既不夸自己，也不信国联，改为一味求神拜佛，怀古伤今了——却也是事实。

于是有人慨叹曰：中国人失掉自信力了。

如果单据这一点现象而论，自信其实是早就失掉了的。先前信“地”，信“物”，后来信“国联”，都没有相信过“自己”。假使这也算一种“信”，那也只能说中国人曾经有过“他信力”，自从对国联失望之后，便把这他信力都失掉了。

失掉了他信力，就会疑，一个转身，也许能够只相信了自己，倒是一条新生路，但不幸的是逐渐玄虚起来了。信“地”和“物”，还是切实的东西，国联就渺茫，不过这还可以令人不久就省悟到依赖它的不可靠。一到求神拜佛，可就玄虚之至了，有益或是有害，一时就找不出分明的结果来，它可以令人更长久的麻醉着自己。

中国人现在是在发展着“自欺力”。

“自欺”也并非现在的新东西，现在只不过日见其明显，笼罩了一切罢了。然而，在这笼罩之下，我们有并不失掉自信力的中国人在。

我们从古以来，就有埋头苦干的人，有拼命硬干的人，有为民请命的人，有舍身求法的人，……虽是等于为帝王将相作家谱的所谓“正史”，也往往掩不住他们的光耀，这就是中国的脊梁。

这一类的人们，就是现在也何尝少呢？他们有确信，不自欺；他们在前仆后继的战斗，不过一面总在被摧残，被抹杀，消灭于黑暗中，不能为大家所知道罢了。说中国人失掉了自信力，用以指一部分人则可，倘若加于全体，那简直是诬蔑。

要论中国人，必须不被搽在表面的自欺欺人的脂粉所诓骗，却看看他的筋骨和脊梁。自信力的有无，状元宰相的文章是不足为据的，要自己去看地底下。

一九三四年九月二十五日

原载 1934 年 10 月 20 日《太白》半月刊第 1 卷第 3 期，署名公汗。

说“面子”

“面子”，是我们在谈话里常常听到的，因为好像一听就懂，所以细想的人大约不很多。

但近来从外国人的嘴里，有时也听到这两个音，他们似乎在研究。他们以为这一件事情，很不容易懂，然而是中国精神的纲领，只要抓住这个，就像二十四年前的拔住了辫子一样，全身都跟着走动了。相传前清时候，洋人到总理衙门去要求利益，一通威吓，吓得大官们满口答应，但临走时，却被从边门送出去。不给他走正门，就是他没有面子；他既然没有了面子，自然就是中国有了面子，也就是占了上风了。这是不是事实，我断不定，但这故事，“中外人士”中是颇有些人知道的。

因此，我颇疑心他们想专将“面子”给我们。

但“面子”究竟是怎么一回事呢？不想还好，一想可就觉得胡涂。它像是很有好几种的，每一种身价，就有一种“面子”，也就是所谓“脸”。这“脸”有一条界线，如果落到这线的下面去了，即失了面子，也叫作“丢脸”。不怕“丢脸”，便是“不要脸”。但倘使做了超出这线以上的事，就“有面子”，或曰“露脸”。而“丢脸”之道，则因人而不同，例如车夫坐在路边赤膊捉虱子，并不算什么，富家姑爷坐在路边赤膊捉虱子，才成为“丢脸”。但车夫也并非没有“脸”，不过这时不算“丢”，要给老婆踢了一脚，就躺倒哭起来，这才成为他的“丢脸”。这一条“丢脸”律，是也适用于上等人的。这样看来，“丢脸”的机会，似乎上等人比较的多，但也不一定。例如车夫偷一个钱袋，被人发见，是失了面子的，而上等人大捞一批金珠珍玩，却仿佛也不见得怎样“丢脸”，况且还有“出洋考察”，是改头换面的良方。

谁都要“面子”，当然也可以说是好事情，但“面子”这东西，却实在有些怪。九月三十日的《申报》就告诉我们一条新闻：沪西有业木匠大包作头之罗立鸿，为其母出殡，邀开“贳器店之王树宝夫妇帮忙，因来宾众多，所备白衣，不敷分配。其时，适有名王道才，绰号三喜子，亦到来送殡，争穿白衣不遂，以为有失体面，心中怀恨，……邀集徒党数十人，各执铁棍，据说尚有持手枪者多人，将王树宝家人乱打。一时双方有剧烈之战争，头破血流，多人受有重伤。……”白衣是亲族有服者所穿的，现在必须“争穿”而又“不遂”，足见并非亲族，但竟以为“有失体面”，演成这样的大战了。这时候，好像只要和普通有些不同便是“有面子”，而自己成了什么，却可以完全不管。这类脾气，是“绅商”也不免发露的：袁世凯将要称帝的时候，有人以列名于劝进表中为“有面子”；有一国从青岛撤兵的时候，有人以列名于万民伞上为“有面子”。

所以，要“面子”也可以说并不一定是好事情——但我并非说，人应该“不要脸”。现在说话难，如果主张“非孝”，就有人会说你在煽动打父母，主张男女平等，就有人会说你在提倡乱交——这声明是万不可少的。

况且，“要面子”和“不要脸”实在也可以有很难分辨的时候。不是有一个笑话么？一个绅士有钱有势，我假定他叫四大人罢，人们都以能够和他扳谈为荣。有一个专爱夸耀的小瘪三，一天高兴的告诉别人道：“四大人和我讲过话了！”人问他“说什么呢？”答道：“我站在他门口，四大人出来了，对我说：滚开去！”当然，这是笑话，是形容这人的“不要脸”，但在他本人，是以为“有面子”的，如此的人一多，也就真成为“有面子”了。别的许多人，不是四大人连“滚开去”也不对他说么？

在上海，“吃外国火腿”虽然还不是“有面子”，却也不算怎么“丢脸”了，然而比起被一个本国的下等人所踢来，又仿佛近于“有面子”。

中国人要“面子”，是好的，可惜的是这“面子”是“圆机活法”，善于变化，于是就和“不要脸”混起来了。长谷川如是闲说“盗泉”云：“古之君子，恶其名而不饮，今之君子，改其名而饮之。”也说穿了“今之君子”的“面子”的秘密。

一九三四年十月四日

原载1934年10月《漫画生活》月刊第2期。

骂杀与捧杀

现在有些不满于文学批评的，总说近几年的所谓批评，不外乎捧与骂。

其实所谓捧与骂者，不过是将称赞与攻击，换了两个不好看的字眼。指英雄为英雄，说娼妇是娼妇，表面上虽像捧与骂，实则说得刚刚合式，不能责备批评家的。批评家的错处，是在乱骂与乱捧，例如说英雄是娼妇，举娼妇为英雄。

批评的失了威力，由于“乱”，甚而至于“乱”到和事实相反，这底细一被大家看出，那效果有时也就相反了。所以现在被骂杀的少，被捧杀的却多。

人古而事近的，就是袁中郎。这一班明末的作家，在文学史上，是自有他们的价值和地位的。而不幸被一群学者们捧了出来，颂扬，标点，印刷，“色借，日月借，烛借，青黄借，眼色无常。声借，钟鼓借，枯竹窍借……”“借”得他一榻胡涂，正如在中郎脸上，画上花脸，却指给大家看，啧啧赞叹道：“看哪，这多么‘性灵’呀！”对于中郎的本质，自然是并无关系的，但在未经别人将花脸洗清之前，这“中郎”总不免招人好笑，大触其霉头。

人近而事古的，我记起了泰戈尔。他到中国来了，开坛讲演，人给他摆出一张琴，烧上一炉香，左有林长民，右有徐志摩，各各头戴印度帽。徐诗人开始绍介了："唵！叽哩咕噜，白云清风，银磬……当！"说得他好像活神仙一样，于是我们的地上的青年们失望，离开了。神仙和凡人，怎能不离开呢？但我今年看见他论苏联的文章，自己声明道："我是一个英国治下的印度人。"他自己知道得明明白白。大约他到中国来的时候，决不至于还胡涂，如果我们的诗人诸公不将他制成一个活神仙，青年们对于他是不至于如此隔膜的。现在可是老大的晦气。

以学者或诗人的招牌，来批评或介绍一个作者，开初是很能够蒙混旁人的，但待到旁人看清了这作者的真相的时候，却只剩了他自己的不诚恳，或学识的不够了。然而如果没有旁人来指明真相呢，这作家就从此被捧杀，不知道要多少年后才翻身。

一九三四年十一月十九日

原载 1934 年 11 月 23 日《中华日报》，署名阿法。

辑四 旧体诗

1928 年，鲁迅在景云里寓所

自题小像

灵台无计逃神矢，
风雨如磐暗故园。
寄意寒星荃不察，
我以我血荐轩辕。

据作者1931年重写手迹收入，写于1903年前后。本篇最初收入《集外集拾遗》。

惯于长夜过春时

惯于长夜过春时，
挈妇将雏鬓有丝。
梦里依稀慈母泪，
城头变幻大王旗。
忍看朋辈成新鬼，
怒向刀丛觅小诗。
吟罢低眉无写处，
月光如水照缁衣。

一九三一年二月

原载 1933 年 4 月《现代》第 2 卷第 6 期，后将此文收入《南腔北调集》。

自嘲

运交华盖欲何求?
未敢翻身已碰头。
破帽遮颜过闹市,
漏船载酒泛中流。
横眉冷对千夫指,
俯首甘为孺子牛。
躲进小楼成一统,
管他冬夏与春秋。

一九三二年十月十二日

此诗出自1932年10月12日《鲁迅日记》,后收入《鲁迅全集·集外集》。

悼杨铨

岂有豪情似旧时，
花开花落两由之。
何期泪洒江南雨，
又为斯民哭健儿。

一九三三年六月二十日

本诗据鲁迅书赠许广平的字幅手迹，后编入《集外集拾遗》。

题三义塔

三义塔者，中国上海闸北三义里遗鸠埋骨之塔也，在日本，农人共建之。

奔霆飞熛歼人子，
败井颓垣剩饿鸠。
偶值大心离火宅，
终遗高塔念瀛洲。
精禽梦觉仍衔石，
斗士诚坚共抗流。
度尽劫波兄弟在，
相逢一笑泯恩仇。

西村（真琴）博士于上海战后得丧家之鸠，持归养之，初亦相安，而终化去，建塔以藏，且征题咏，率成一律，聊答遐情云尔。

一九三三年六月二十一日

题《芥子园画谱三集》赠许广平

此上海有正书局翻造本。其广告谓研究木刻十余年，始雕是书。实则兼用木版，石版，波黎版及人工著色，乃日本成法，非尽木刻也。广告夸耳！然原刻难得，翻本亦无胜于此者。因致一部，以赠广平，有诗为证：

十年携手共艰危，
以沫相濡亦可哀。
聊借画图怡倦眼，
此中甘苦两心知。

戌年冬十二月九日之夜鲁迅记

本篇手迹最初载于1976年《诗刊》9月号，后收入《集外集拾遗补编》。

戌年初夏偶作

万家墨面没蒿莱，
敢有歌吟动地哀。
心事浩茫连广宇，
于无声处听惊雷。

五月

本篇作于 1934 年，最初收入《集外集拾遗》，题为《无题》。

亥年残秋偶作

曾惊秋肃临天下，
敢遣春温上笔端。
尘海苍茫沉百感，
金风萧瑟走千官。
老归大泽菰蒲尽，
梦坠空云齿发寒。
竦听荒鸡偏阒寂，
起看星斗正阑干。

十二月

本篇作于1935年，最初收入《集外集拾遗》。

编后记

我出生在内蒙古一个偏僻的小山村，那里文化生活极贫乏。我家没多少书，但有《鲁迅选集》，其中的名篇《阿Q正传》《孔乙己》《从百草园到三味书屋》等让我很着迷，我还把精彩的句子抄在一个小本子上，甚至背下了一些。

鲁迅（1881~1936），浙江绍兴人，原名周树人，著名的文学家和思想家，中国现代文学的奠基人，五四新文化运动的重要参与者，被誉为“二十世纪东亚文化地图上占最大领土的作家”。我在大学时上现代文学课，鲁迅先生的作品自然是重点学习的内容。

参加工作后，我在一家报社工作，写过很多时评、杂文。此时，鲁迅先生的杂文又成了我学习的范本。可以说，鲁迅先生对我有极大的文字恩惠，他的文章是我最早的文学启蒙教材，我从童年阶段就读鲁迅先生的文字，几十年来未曾间断。

今年 9 月，我有幸参加了鲁迅文学院少数民族文学创作培训班。鲁迅文学院位于北京朝阳区八里庄南里 27 号，是一个幽静的小院。大门上“鲁迅文学院”五个大字取自鲁迅先生的手迹，学院宿舍楼的大厅里有一尊鲁迅先生的塑像。进出学院的大门，会自觉不自觉地看到鲁迅先生的书法，从宿舍到食堂或是从食堂到宿舍，会与鲁迅先生的塑像不期而遇。于鲁迅先生而言，这里的一切，算是后人对他的一种铭记，代表着深深的敬意和永久的怀念；于来此学习的人而言，鲁迅先生是一种极强的心灵感召和精神加持，他代表着文学上的高度、思想上的深度和学养上的厚度。鲁迅先生对中国社会的冷静观察和凝练描绘，鲁迅先生的独立精神和深刻思想，鲁迅先生对底层民众的悲悯情怀和文化启蒙，鲁迅先生对东西方文化的广泛学习和思考，鲁迅先生对“瞒和骗”的揭露，鲁迅先生对中国国民性的深刻剖析，都是中国文化史上一笔极其宝贵的财富。我觉得，对当代作家来说，学习鲁迅先生的人格力量和人文情怀可能比单纯地学习文学技巧更重要。

从鲁迅文学院学习回来后，齐鲁书社的许允龙先生邀我编辑《民国文学名家精选集·鲁迅》。想到自己与鲁迅先生有那么深的缘分，我接下了这个任务。需要说明的是，我仅仅是一个热爱鲁迅的读者，不是鲁迅研究专家，所以，我选的鲁迅作品，难免有遗珠之憾，还望方家不吝赐教。

编者　郑连根

2015 年 11 月

图书在版编目（CIP）数据

鲁迅精选集 / 鲁迅著；王任主编．—济南：齐鲁书社，2016.7（2017.8重印）

（民国文学名家精选集）

ISBN 978－7－5333－3497－0

Ⅰ．①鲁… Ⅱ．①鲁… ②王… Ⅲ．①中国文学－现代文学－作品综合集 Ⅳ．①I216.2

中国版本图书馆 CIP 数据核字（2016）第 129142 号

鲁迅精选集

鲁迅 著　王任 主编　本册编者 郑连根

主管单位	山东出版传媒股份有限公司
出版发行	齊魯書社
社　　址	济南市英雄山路 189 号
邮　　编	250002
网　　址	www.qlss.com.cn
电子邮箱	qilupress@126.com
营销中心	（0531）82098521　82098519
印　　刷	山东临沂新华印刷物流集团有限责任公司
开　　本	787mm × 1092mm　1/32
印　　张	8.5
插　　页	4
字　　数	143 千
版　　次	2016 年 7 月第 1 版
印　　次	2017 年 8 月第 2 次印刷
标准书号	ISBN 978－7－5333－3497－0
定　　价	**28.00 元**